Kadokawa Fantastic Novels

The Testament of Sister New Devil

新妹魔王的契約者 10

「哥哥，求求你……
殺我一百次……♥」

新妹魔王的契約者

The Testament of Sister New Devil

10

上栖綴人

插畫◦大熊猫介

Kadokawa Fantastic Novels

彩頁／內文插畫　大熊貓介

The Testament of Sister New Devil

ConTeNts

——看吧，終結要開始了。

序章 漫漫長夜的起始

1

在天空黑得濃烈的深夜。

有個風勢強烈，如冬季峻嶺的地方。

那即是勇者一族「村落」——其長老在宅院中設置的「儀式堂」。

「儀式堂」是各國勇者「村落」中少有的聖域，平時有強力結界保護，如今卻完全失去了它的力量和莊嚴形象。

因為將此處化為聖域的神器——「四神」遭到斯波恭一奪去。

刃更等人為阻止斯波的暴行而展開激鬥，過程中「儀式堂」的牆與頂部遭到嚴重破壞。

清澈到甚至鋒銳的夜風彼方，是無數璀璨星辰的黑色天空。

——如此壯觀的景色，肯定能使首度造訪此處的人看得目瞪口呆。

然而現在，這破敗的「儀式堂」中每一個仰望夜空的人，沒一個有心欣賞這片美景。

因為斯波恭一逃出了設置於「村落」最深處的特殊禁閉室，並搶走「四神」中除靈槍「白虎」外的「朱雀」、「青龍」與「玄武」，以及「梵蒂岡」審訊官聖騎士賽莉絲・雷多哈特的神劍「聖喬治」，隨後消失無蹤。

在這個日本勇者一族的「村落」與「梵蒂岡」正處於政治衝突的節骨眼上，發生這種意外可說是所有可能中——不，是根本料想不到的最壞狀況。

目前，「儀式堂」中只有東城刃更和瀧川八尋實際與斯波交戰過，成瀨澪、野中柚希、和野中胡桃三人則是察知他們戰鬥的衝擊與巨響而趕來。富士、熱田、熊野三長老以及柚希與胡桃的父親修哉等日本「村落」政要也陸續聚集於此，商議如何處理這個大事。

此外——與斯波一夥交戰而負傷的高志和賽莉絲已送醫做了應急處置。這當中——

「——總之，目前狀況大致就是這樣。」

東城刃更在「儀式堂」稍遠處，向隨後趕來的澪等人說明現況。

同時藉由右手中保持通話的手機，轉達給待命於「村落」郊外的萬理亞和潔絲特。

「狀況我知道了……可是刃更，這樣的話那我們現在該做些什麼？」

待說明告一段落後，澪向刃更詢問下一步行動。不提個人意見就直接尋求刃更的判斷，並非出於依賴或放棄思考，而是因為明白現況正如「儀式堂」中，長老們與「梵蒂岡」審訊官賽莉絲的對話內容所示，是非常敏感的政治議題。

序　章

漫漫長夜的起始

「………………」「………………」

柚希和胡桃也用與澪同樣的目光注視刃更。

電話另一頭靜待刃更回答的萬理亞和潔絲特，相信也是如此。

——她們都曉得事態有多嚴重。

也知道如果一時衝動而妄自行動，狀況恐怕會弄得更糟。

政治上，激情始終是相當方便的工具。為避免受到對方的操弄，如何保持冷靜便十分地重要。儘管心裡無限熾熱，腦袋卻要無比冷靜——刃更一行中沒有人不了解這個道理。

畢竟他們這次來到「村落」，為的就是藉「政治」達成目的。

受澪一問，刃更語氣沉靜——但斬釘截鐵地對她們說：

「我還想不到斯波真正的企圖是什麼，又在哪裡……不過從他消失前的語氣聽來，應該是一件非同小可的大事。」

這不外乎是因為——

「他被封印是由於長老認為他力量遠超過族人且思想危險，現在又搶走類似我『無次元的執行』的力量，然後消失不見。所以……」

刃更做出結論。

「——這個狀況，我們絕不能置之不理。」

那是考慮過自身立場、處境，以及「村落」與「梵蒂岡」盤根錯節的思慮，甚至對魔族會有何種影響等因素後所得到的答案。

「當然也有可能只是我杞人憂天，或許斯波單純只是想要自由，然後就此銷聲匿跡，這樣的可能性也不是完全沒有，但假如他有所圖謀……放任不管的話，不曉得事情將會變得多糟。」

刃更再度強調事情的嚴重性。

「他搶走了『四神』和賽莉絲的『聖喬治』……最壞的情況，或許是他製造出我們完全無計可施，甚至進一步獲得所有人聯手也抵擋不了的強大力量。」

屆時就無力回天了。

「因此，無論如何都得靠我們自己的力量設法阻止斯波。」

刃更以可謂堅決的口吻說道。

「這麼一來……」「首先就是要找到斯波的位置……對不對？」

聽到柚希和胡桃這麼說，澪與電話彼端的萬理亞跟潔絲特沉默不語。

斯波是憑空消失在空氣中，究竟要怎麼找出他的行蹤呢。然而——

「……我有辦法。」

刃更如此喃喃說道，感到眾人目光聚了過來。

序　章
漫漫長夜的起始

「只是，那需要——」

「刃更。」

他才剛要開始解釋，背後忽然有人喊了他。是原先與長老們討論如何善後，柚希和胡桃的父親——野中修哉。刃更轉身見到修哉向他們走來，便等他來到面前後問：

「叔叔，長老他們……『村落』決定怎麼做？」

修哉以嚴肅臉孔搖頭回答：

「……很遺憾，還沒有結論。恭一失控是我們的管理責任沒錯，可是幫助他逃出牢房、搶走『四神』的，卻是偽裝成『梵蒂岡』助理的魔族。」

況且——

「再加上賽莉絲的神劍『聖喬治』被搶……雖然這段時間『村落』和『梵蒂岡』都在以通話魔法討論之後的對策，不過到現在為止僅止於如何釐清造成這狀況的雙方責任歸屬而已。」

「——這些人還真是不知死活啊。」

背倚「儀式堂」牆面，默默旁觀狀況推進的瀧川，聽了修哉那麼說之後不屑地哼笑道。

「愛搞政治的大頭，本來就愛講自保啊利權那些。為了避免其他地區勇者一族的責難或輿論，一起搞出這個爛攤子的『村落』和『梵蒂岡』最後八成會串一套說詞出來吧。」

不過──

「說起來『梵蒂岡』態度本就強硬，還派出那個叫什麼賽莉絲的金髮妞當審訊官來進行政治交涉，好把有利局勢拉到自己那邊，甚至不忘發給她一把神劍，一副講不聽就開打的樣子。」

另一方面──

「『村落』也為了對抗『梵蒂岡』而把那個叫斯波的神經病當王牌打……雙方都沒那麼容易退讓吧。」

『可是……聽刃更主人的說法，「梵蒂岡」已經不打算再追究「村落」對刃更主人與我們的管理責任。』

電話彼端的潔絲特插話道：

『先不論刃更主人與這位賽莉絲小姐決鬥之前怎麼樣，現在雙方要合作應該沒那麼困難吧？』

「……只可惜事情沒那麼簡單。」

修哉苦著臉說：

「這純粹是我個人的看法……『梵蒂岡』暫時休兵，並不是認同你們或『村落』，他們應該沒有改變自己原本的結論，認為我們『村落』對你們幾個的管理不周。但由於賽莉絲敗

序　章
漫漫長夜的起始

給了刃更，才在保持原本結論的狀況下改變路線，不用那麼強硬的手段達成目的了。」

因此——

「他們表面上是暫時接受『村落』的說法，當作我們管理上並無不妥……可是一旦你們造成任何問題，只要牽扯到無辜普通人，他們就會見縫插針，否定『村落』的管理能力，將你們視為危險對象。甚至說，他們或許還會故意製造那種機會。」

「怎麼這樣……那我們……」

澪錯愕到話都說得斷斷續續。經過「儀式堂」那些政治性的對話，以及刃更和賽莉絲的死鬥，事態居然還是沒有任何好轉？

「別擔心……不管他們搞什麼鬼，我們都早有準備。」

當現況使澪不知所措時，刃更扶上她的肩，掃去她心中不安。

刃更身上有保健室老師長谷川千里——阿芙蕾亞與神族母親拉法艾琳兩位十神的護佑，對他做出缺乏正當性的卑劣行為就會產生「穢瘴」。儘管「梵蒂岡」高層多半會使用借刀殺人再予以切割的手段，以免責任牽連到自己身上，但由於高層命令而產生的「穢瘴」，應仍會導向實際下令的人。

而且……

現在的刃更，應該有辦法追得出誰是幕後主使。若在質問時，對方謊稱「梵蒂岡」高層並未涉入，又會產生新的「穢瘴」，這樣的實證勝過千言萬語的雄辯。

「但話說回來，我們原本的目的是避免『村落』和『梵蒂岡』將我們視為威脅，除去額外的干涉和限制或束縛。我們一方面必須阻止斯波得逞，一方面也不能繼續加重我們在他們眼中的危險性。」

「所以我們要用阻止斯波為條件，要求『村落』和『梵蒂岡』保障我們未來的安全和自由嗎？」

胡桃皺著眉問。

「不，那恐怕只會有反效果……就算能得到形式上的保障或保證，也可能會提昇他們在實際感受和情緒上對我們的警戒。」

刃更繼續說道——

「『村落』和『梵蒂岡』想必不願再面對多餘的顧慮或抉擇。要是他們准許我們行動卻使得狀況更加惡化……就立場而言，是給予准許的他們得負起責任。假如我們的提議當中帶有那種風險，那麼不曉得要等多久才能獲得正式許可。」

於是——

「為那種蠢事而浪費的時間，就等於給需要調整『四神』的斯波他們更多餘裕來達成目的。等到他能完全駕馭『四神』，原本可能有的勝算或許也飛了。」

序　章
漫漫長夜的起始

因此——

「我們不等『村落』和『梵蒂岡』的准許，直接憑自己的判斷行動。愈早行動，應該愈有利於戰勝斯波。」

一口氣後，刃更再說：

「這麼一來，無論發生什麼事，我們都必須背負全責，『村落』和『梵蒂岡』也落得輕鬆。不過風險也都在我們身上就是了。」

「……要是能順利打倒斯波，就能對『村落』和『梵蒂岡』賣人情了。」

柚希似乎聽出了刃更的用意。

「沒錯。我們已經在『儀式堂』的對話中提過我們的要求，而這個方法可能是獲得同意的最短捷徑。與其繼續進逼，讓他們認為我們在威脅或談條件，不如先默默解決他們的麻煩再來賣人情。」

『唉～受不了，真是吃力不討好……』

刃更想到電話另一頭萬理亞的無奈表情就不禁苦笑。

「就是說啊……可是無論如何，弄不好斯波的事，我們自己也會遭殃。要是免不了必須和他打一場，那就得為以後作考慮才對。」

聽刃更這麼說，澪等人也面露微笑，表示對刃更的支持。

「……刃更，你們真的願意這樣嗎？」

修哉略顯不知如何是好地問。

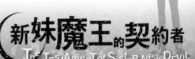

「真的……因為我認為這對我們來說，或許是最好的選擇。」

刃更肯定地點頭答道：

「只是，有兩件事想請叔叔幫忙。」

「什麼事？只要是我能做的，我盡力而為……」

「一個是為了方便柚希和胡桃戰鬥……需要『咲耶』和『操靈術手甲』。準備其他武器就會浪費時間，再加上用不習慣的劣勢，要戰勝斯波他們恐怕不容易。」

「我知道了……她們的武器，我會想想辦法。」

修哉允諾後問：

「那另一個呢？」

「是『白虎』。斯波搶走了『四神』中的三項神器跟賽莉絲的『聖喬治』，而『白虎』是『四神』之一，應該能追循其他『四神』的波動……反過來說，『白虎』是我們追查斯波不可或缺的東西。所以，我們需要長老允許我們使用『白虎』——帶它離開『村落』。」

這就是刃更所想到尋找斯波的方法。

『確實，那或許是我們現在唯一能用的手段……可是長老和「村落」的其他人真的肯借嗎？』

聽了那些話，潔絲特隔著電話問：

『如刃更主人之前所說的，要是長老准許我們借用「白虎」卻出了事，「村落」不就會被追究管理責任了嗎？』

「是啊……所以不能明著借，只能私底下請求准許，表面上則是我們私自拿走。」

「長老們真的會同意嗎？」

胡桃也為機會不大而擔憂。

「天曉得……不過妳們的武器得先拿回來才行，不然根本沒勝算，而且沒有『白虎』的話就連打也沒得打。再說，就算他們不會同意，要是真的完全不知會一聲就去追捕斯波，『村落』同樣會把我們看作無法控管的威脅吧。」

刃更回答：

「所以在實際行動之前，我們至少需要請人向長老們轉達我們想做什麼、需要些什麼才行。」

說到這裡，刃更視線移向修哉，正面看著他說道：

「這個角色，就得請叔叔擔任了。很抱歉，又要給您添麻煩。」

「哪裡，別這麼客氣……而且我不是說過會盡力而為了嗎？你這兩件事都在我能力範圍

序章
漫漫長夜的起始

內，交給我來辦吧。」
修哉這麼說完便事不宜遲般轉身離去。
多半是去拿回柚希和胡桃的武器吧。
「可是小刃啊……靈槍『白虎』之所以會不甩斯波，應該是因為它認定你那個眼神凶狠的金毛兒時玩伴為使用者的緣故吧。」
等修哉離得夠遠後，瀧川說道：
「在這種狀況下，它會乖乖讓你們使用嗎……老實說，你自己有多少把握？」
「……沒什麼把握，就這部分我預估不了。」
聽刃更坦白這麼說，瀧川眉頭大皺。
「喂喂喂，太靠不住了吧……」
「沒辦法，這是事實啊。」
刃更聳聳肩。
……唯一能肯定的是，這件事情絕對不簡單。
刃更同時評估自己與「白虎」對決的可能。
——「白虎」已經選擇高志為使用者了。
現在似乎也待在接受治療的高志身邊。過去「高志」曾使用「白虎」與刃更交戰，而

序　章
漫漫長夜的起始

「白虎」則是在過程中失控，並遭刃更擊破。

所以「白虎」很可能不會認刃更為夥伴，甚至還會敵視他。

然而——

「也沒有其他辦法了……既然如此，就只能設法讓它幫忙了。」

刃更像是在說服自己似的說道。

『刃更哥，我跟潔絲特姊怎麼辦？先到那邊跟你們會合嗎？』

這時，萬理亞請求指示了。在心情上，那樣的確比分散安心，只是——

「不，妳們是純粹的魔族，進村裡來可能會引來不必要的警戒，讓事情變得更複雜。尤其現在長老們的神經很敏感，最好不要再刺激他們比較好。」

因此——

「等柚希她們的武器和『白虎』準備妥當，我會再跟妳們聯絡。鎖定斯波他們的方向以後，我們就在路上會合吧。」

『——了解。我們會做好準備，以便隨時動身。』

刃更在潔絲特領命後結束通話，轉向澪等人說道：

「高志和賽莉絲的治療應該告一段落了，我先去看他們……然後和『白虎』談談看。」

必須請它提供「四神」之一的力量，以找出斯波的位置。

「還有柚希和胡桃，等叔叔把妳們的武器拿回來以後，也同樣為出發做好準備。」

「嗯。」「知道了。」

野中姊妹頷首回應，刃更也對她們點點頭，並望向澪說：

「澪──妳也和她們一起行動。」

「嗯……你放心，我不會自己亂跑。」

雖然斯波潛逃使得「村落」陷入緊急狀況，將注意力全放在他身上，不過這裡畢竟還是日本勇者的大本營，而澪則是前任魔王的女兒。

儘管瀧川帶了魔王的親筆信，要求將東城家立為聖域，使勇者一族為避免全面衝突而難以下手，但是──

反過來說……

只要以澪為人質，將是最有效的王牌。

不僅對魔族來說是如此──對刃更這方也是。

而澪自己也很明白這樣的危險性。正因如此，她才會聽出刃更的言下之意，表示不會讓自己落單。

……那麼現在就剩──

刃更這麼想著，視線轉向了「他」。

序　章
漫漫長夜的起始

「瀧川……你接下來有什麼打算？」

「………………」

面對刃更的問題，瀧川則是沉默以對。

所以，眾人目光自然聚到了他身上。

——身為魔族，瀧川應該也曉得狀況有多緊迫才對。

在刃更等人的注視下，瀧川輕佻地聳聳肩說：

「這個嘛，我也不曉得……我這次任務就是送信給勇者一族罷了。我知道你們現在很著急，不過現況已經不是我一個人能夠決定怎麼做的了。」

畢竟——

「我現在的身分實在是麻煩又討厭到不得了……變得像身兼雷歐哈特和拉姆薩斯閣下，現任魔王派和穩健派兩邊的代言人一樣。要是輕舉妄動，搞不好會被那個叫斯波的逮到機會搞鬼。」

因此——

「我應該是得先跟你們說拜拜，回魔界報告現況吧……應該說如果再不儘快回報，我就要倒大楣了。」

「因為雷歐哈特他姊？」

「是啊。一個不好我的腦袋可能會跟身體分家咧。」

而且——

「別忘了，即使樞機院沒了，魔界……整個魔族也不是團結一致。就算是現在給你們的待遇，也很有可能因為一點風吹草動就完全顛倒了。」

「……也對。我知道了。」

刃更這邊目前沒有餘力處理魔界事務。假如瀧川……甚至拉姆薩斯或雷歐哈特能提供戰力，的確是能放心不少。

由於魔族中也有拉姆薩斯這類願意保護澪的勢力存在，交給勇者一族的親筆密函才會有「聖域」之議。就心情而言，當澪面臨嚴重危險時，他們也有可能介入。

可是這麼一來……

在勇者一族眼中，刃更等人的立場會更偏向魔族這邊。即使他們能夠解決斯波的問題，未來勇者一族對他們的警戒恐怕只會變得更高。

而雷歐哈特或拉姆薩斯只要出手幫助刃更，對不滿他們的勢力而言也是削減兩派聯盟凝聚力的大好機會。屆時不只勇者一族這邊，就連與魔族的關係都會惡化。

以這點來說，讓瀧川回魔界安撫聯盟，幫助會比要他請求魔界支援更大。

——刃更等人目前該注重的，是保持平衡與距離。

他們和勇者一族與魔族兩個相對勢力不能只是毫不往來或平等對待，而是必須各自保持適當的距離與關係。

就個人或家庭層級的觀點而言，圍繞著澪的魔族、魔界糾紛都似乎隨著他們與現任魔王派的決鬥和樞機院的消滅而落幕，但以刃更等人、魔族和勇者一族等各勢力間的政治角度來看，狀況卻比過去更為複雜棘手。

但這也是無可奈何的——當需要揹負、重視的事物增加時，就是會有這種問題吧。假如不願顧此失彼，就得做好每一件事。

即使做不到最妥善或最完美，也要死守底線。

這是為了保護不能退讓的事物。在刃更如此提醒自己時——

「……那我就先走一步啦。」

瀧川話一說完就轉身準備走人。

「謝啦，瀧川。這次多虧有你，我們和長老跟賽莉絲他們才有辦法順利交涉。等狀況告一段落，我再請你吃個飯吧，像上次一樣。」

「哈哈，又是燒肉嗎？」

「是啊，再加上涮涮鍋和壽喜燒。」

「走啦。」

瀧川與刃更互相輕笑一聲，揮揮手就轉身消失在黑暗中。

「慢走。」

刃更也在道別的同時轉身離去。

瀧川有自己的事要辦，刃更亦是如此，僅此而已。

2

隨後刃更與澪等人分開，前往「村落」的診療所。

造訪前不久還在治療傷患的房間。

在與斯波和巴爾弗雷亞戰鬥中身受重傷的高志和賽莉絲，都在裡頭休息。

替他們治療的則是柚希和胡桃的母親——野中薰。

刃更向她詢問現在的狀況，她說：

「賽莉絲的治療很順利。我給她的藥有促進身體自療以提昇回復力的效果，所以會睡上一陣子，等恢復到沒有大礙以後自然就會醒了。」

「這樣啊……」

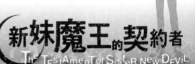

刃更暫且是安心了一半，但還不能高興得太早。不是因為元凶斯波仍行蹤不明，而是薰說「賽莉絲的治療很順利」，表示有其對比。

「……薰阿姨，那高志呢？」

薰神情嚴肅地沉默片刻，開口說：

「我試過了很多方法……可是效果都很差。」

「……是中了某種毒或詛咒之類的嗎？」

「沒有，我沒找到那類外來因素。所以想問你一下，你有沒有在高志身上看出那種東西的感覺？」

「您說……我嗎？」

「對。『無次元的執行』的完全消除，是藉由斬斷天元來發動，而你能使用這種招式，是因為你的眼睛天生異於常人。你和成瀨澪小姐她們一起經過了那麼多場實戰，這個力量應該已經精進很多了吧？我沒說錯吧？」

這番推測，讓東城刃更暗自讚嘆青梅竹馬母親的慧眼。

的確，和澪等人結訂主從契約、以及至今為止布倫希爾德吸收所斬對象的力量……再加上十神長谷川的契約，現在的刃更與仍在村裡的他判若兩人——不，甚至可以說是擁有不同層次的力量。不過薰應該不知道那些事實，而是單憑目視就看出刃更如今的狀態不同以往。

「……………」

不過刃更沒說話，而是以默認表示肯定。

因為一旦說出口，就等於將事實明確告訴了薰。

——而知道了事實或真相，有時就得背負隨之而來的責任。

無論事情再怎麼明顯，實際承認就有可能危及她的立場。

「————」

刃更沉默不語，只是「看」著床上沉眠的高志。

構成高志的要素中樞——維持其存在的天元乍然一晃，隨之刃更也從其中窺見高志的異狀。

「這是……」

「果然沒錯……你的眼睛也能看出現在高志很不對勁。」

薰以凝重口吻對疑惑皺眉的刃更如是說。

——刃更和薰實際見到的，應該是不同景象。

因為他們是用不同的能力來觀察高志。

然而不同的能力卻看出了同樣的異常——這就是高志的現況。

天元搖晃本身並沒有任何問題。在時間之流中，任何物體的狀態都是不斷變動，天元的位置常有細微偏移。

問題在於高志體內非常淤塞，且狀況十分不自然。

……薰阿姨說得沒錯，這並非毒或詛咒。

若是那種外來因素造成的異常，刃更的眼睛應能看出端倪。

可是高志的肉體並沒有外來因素造成的異常。

……對了。

刃更想起高志被斯波打倒當下所說的話。

他說——他應該擋下了斯波的攻擊，卻仍受到重傷。

所以刃更起初才會懷疑是中毒或詛咒。

……難道問題其實出在高志自己的……身體？

怎麼會這樣？在刃更眼中，高志體內感覺極為不穩定。

彷彿高志生理狀況全亂了套，使得恢復或自癒能力無法運作。目前還看不出是什麼讓高志的身體發生這種狀況，但問題八成是——不，肯定在那裡。

出在斯波所擁有的神祕能力的特性上。

……等等，說不定。

想到一半，刃更腦中忽然浮現一種可能。

序　章

漫漫長夜的起始

「……不好意思，薰阿姨，能請妳離開一下嗎？」

「是無所謂，可是……」

刃更的要求讓薰有所猶疑。一般而言，負責醫療的她離開狀態仍未穩定的高志身邊只有風險。

「拜託……不會太久。」

儘管如此，刃更仍進一步請求。他沒有做出什麼明確說明，而是單以眼神告訴她——自己想做點嘗試。

「……知道了。我就在隔壁，有事立刻叫我。」

薰或許是明白了他的意思，留下這句話就離開房間。

刃更重新面對床上的高志。

眼中映現出他體內的「淤塞」。

……那恐怕就是造成高志身體異常的病灶。

為去除病灶，刃更揮動右手。

將布倫希爾德具現化。

——方法與過去阻止澪體內威爾貝特的力量失控時相近。
不傷及高志本身，只是用「無次元的執行」處理他體內的淤塞。
這時，刃更眼前忽然發生變化。
變化並非來自高志——而是他身旁有個東西憑空出現。
「……『白虎』。」
白色靈槍擋在刃更面前，宛若要保護高志不受刃更傷害一般。
「你放心吧……我無意傷害高志，你應該也感覺得到吧？」
於是刃更對「白虎」這麼說，並做了一個動作證明自己沒有敵意。
他解除右手剛拿出的布倫希爾德。
然後輕輕伸出空下的手。
「我要幫助高志——所以稍微借我一點你的力量吧，白虎。」
東城刃更成為布倫希爾德的使用者，是在那場悲劇過後。
但是——「無次元的執行」則是他在那之前就會的招式。
當然，如今布倫希爾德已完全成為刃更的愛劍。
它無疑是最稱手的武器，刃更也沒想過要用其他的武器來戰鬥。如今無論是澪那時與後來任何一場戰鬥，刃更都是以布倫希爾德砍出生路。因此，若要單純使出「無次元的執行」，慣用的布倫希爾德肯定是最佳選擇。

不過……

東城刃更心想，要救高志就非得使用「白虎」不可。

「無次元的執行」是需要極端集中力的招式，而且如今目標還是存在於活體內部——只限局部的狀況下，更需要最細膩的注意力與無比的專注。如此一來，比起讓布倫希爾德呼應刃更救助高志的願望而提供力量，讓本身就想幫助高志的「白虎」呼應刃更，成功率應該會更高。

因為靈槍「白虎」不單純只是道具——而是和魔劍布倫希爾德相同，與自己認定的使用者共同奮戰的武器。

或許，這麼做與使用布倫希爾德其實只有毫釐之差。

然而有些事的成敗就是取決於這毫釐之差。在這一刻，這場成敗將決定一切。

「『白虎』……」

刃更再次呼喚它的名字，而白色靈槍依然飄浮在刃更與高志之間。

『——』

但槍身的光輝卻由原來的暗沉變得柔和，彷彿是允准了他的請求。

於是刃更慢慢伸出雙手，握緊槍柄。

握緊守護西方的靈槍——「白虎」，且沒有遭到那白色靈槍的抗拒。

「謝謝……」

東城刃更向手中靈槍道謝，並做出一項判斷。

……在這種狀況下。

不要完全消除，而是單純抑止高志體內的淤塞會比較好。

——高志的淤塞並非來自外部。

就只是高志體內一部分異變成產生負面影響的狀態，所以使用完全消滅的方式，也將消除高志那一部分的肉體。為使對肉體的影響降到最低，只能抑止淤塞，難度也相對地低。

……然而。

雖說比澪那次簡單，但困難卻是在不同的方面。

——那次是在威爾貝特的力量爆出澪體內的瞬間消除它。

絕不能消除澪本身，但可以完全消去失控的力量。

不過這次不同，必須使高志體內淤塞的部分恢復正常。

而且不能消除任何東西。

沒錯——不是消除而是復原。並且必須以「無次元的執行」達成。

——真的辦得到這種事嗎？

刃更無法保證，也沒有把握。

但是……

既然沒有其他辦法，就只能勇往直前了。

「————」

於是東城刃更架定白虎，摒除雜念。

……高志。

刃更心想，自己和高志應該再也無法恢復當年的關係了吧。

但是——往後可以慢慢建立新一層關係。

而且無論發生什麼事，都不會改變彼此從小一起長大的事實。

……一定要成功。

我不要再失去兒時玩伴……失去任何一個重要的人了。

「高志你等著……我馬上替你消解。」

低語的同時——東城刃更藉「白虎」放出了「無次元的執行」。

刃更瞄準的是高志左腹側。

——用的不是槍尖，而是柄頭。

因此正確來說不算戳刺，而是搥打。

這全都是為了盡可能避免傷害高志的肉體——只在高志的體內造成衝擊，震散淤塞。

那與空手道或中國拳法至高境界中的「透勁」屬於同一領域。

而刃更則是要以不擅長的長槍，搭配「無次元的執行」來使出。

儘管如此……那依然是「無次元的執行」。

只要力道拿捏稍有不慎，就會讓打擊部位消失不見。所以必須在極度專注的精神狀態下，細心控制位置、力道、時機等每一個環節。

……假如仍有不足——

那麼「白虎」應該會協助調整。

因為四神之一的守護聖獸「白虎」，會保護自己認可的使用者。

不是出於寄託或依賴——而是信任。

「————」

使出異種「無次元的執行」的刃更，慢慢收回握持「白虎」的手。

高志的肉體外觀看似沒有變化，但仍有不同之處。

那就是他的表情……與呼吸。

序章
漫漫長夜的起始

「…………………」

原來顯得痛苦的表情與呼吸逐漸趨緩。

同時——他體內淤泥般的阻塞也看不見了。

不過現在認定成功還嫌太早。於是刃更從隔壁房請薰回來，檢查高志的狀況。

經過診斷，薰吁了口氣放鬆肩膀。

「……沒事了。現在藥物和治療魔法應該都能作用了。」

「這樣啊……那就好。」

聽了她所說的話，刃更這才放下心中大石。

自己成功解救了高志——能得到這樣的結果，至少能先穩住自己的心。

「高志……」

刃更呼喚著兒時玩伴的名字，並注視他床上的睡臉。

沒打算叫醒他。畢竟現在對他而言休養生息比什麼都更重要。

所以即使想說的話再多——也全都灌注於那兩個字裡頭。

現在有非去不可的地方。要完整付諸言語，等回來以後再說。於是刃更視線落向右手，對協助救治高志的靈槍說道：

「『白虎』——拜託你，再借我一點力量。」

槍柄隨即應和刃更般，在刃更手中輕輕一震。

刃更也隨之握得更緊。抬起頭看到的，是此時此刻也在某處保持那張笑容，居心叵測的青年——斯波恭一。

這時——

「我聽我先生說過了——你要去找他吧，刃更。」

對於這次薰的確認，刃更是點頭回答：

「對。雖然我還沒搞清楚斯波到底想要做什麼，不過卻很清楚那會是股巨大的威脅，不能放任他為所欲為。」

「……嗯，是啊。」

「這次同樣要請柚希和胡桃協助……所以很抱歉，又要給叔叔阿姨添麻煩，害你們擔心了。」

「你不必道歉。這是她們自己決定自己的路，而我們也都同意了。」

不過呢——

「我們之所以同意，是認為那樣對她們來說會比較幸福，並不是覺得她們或是刃更你們遭遇危險也無所謂，或是可以隨便亂來……希望你能記住這點。」

「…………我會的。」

序　章

漫漫長夜的起始

刃更當然曉得父母對自己心愛的孩子會有何期望。

——天下父母心。即便各自不盡相同，然而對未來的期許方向仍然一致。

威爾貝特為何會替澪著想到不惜抹殺自己的存在。

雪菈為何會對萬理亞隱瞞生父及自己肉體變化的真相。

修哉和薰為何會認同柚希和胡桃走自己的路。

其實都是同一個答案。因此——東城刃更也不願辜負他們的心意。

……正因為如此。

刃更下定決心，只要是自己能力範圍所及，可以不擇手段。

——迅和他兩名妻子，瑟菲亞與拉法艾琳也對刃更寄託了相同的意念。

並透過長谷川的轉述，傳達給刃更知道。

或許他們三人不會喜歡刃更現在的想法或行動。

但是——那並不代表刃更藐視或看輕父母的心意。

——那都是為了保護不可退讓的底線。

為此，說什麼都要阻止斯波。

「雖然你可能希望可以儘快動身，不過我先生恐怕還需要一點時間才能說服長老。」

「……我想也是。」

刃更等人打算採取的行動，無法得到勇者一族的明確承諾。
然而即使只是默許，依然也得先得到最底限的認同。
然而這個問題不只限於「村落」，甚至牽連到「梵蒂岡」與魔族。無論修哉說話分量再重，想必也不是那麼容易。
刃更點頭表示明白後，薰以「所以」提詞說道：
「這段時間，我想必須告訴你一些事。」
她停頓了一下——
「在你們交戰之前——要先了解恭一的祕密。那是你們這世代都不知道的事。」

3

在刃更總算成功救治高志那當下。
從「村落」離開的斯波恭一，已經在遙遠的異地為達成自己的目的而行動。
「來，開始吧……」
這裡是曾在這一帶因為最接近天空而聞名的電波塔上，斯波佇立於數位訊號發送天線邊

漫漫長夜的起始

緣俯視美麗夜景，並以右手彈指。

奪自「村落」，飄浮在他正上方的「四神」隨之曳出流星般的燐尾，往東南西北散開。

「青龍」在東，「玄武」在北，「朱雀」在南——西方則是由神劍「聖喬治」變化而成的「白虎」。

剎那間，這四樣普通人看不見的神器同時刺入地面——佈下一個以其四方為頂點的特殊空間。

長老們是藉由「四神」建立聖域，相對的斯波則是複製正常空間後將次元稍微往上提升，製造出高相位差領域。

這個高階次元空間不會受到外側三次元空間的干擾，但可以自由選擇是否從內向外干擾三次元空間。

完成度乍看之下已堪稱完美，斯波卻仍不太滿意地低語：

「嗯……用急就章的『白虎』果然還是不太平衡，有點歪掉呢。」

以「聖喬治」代用原物，終究還是產生了影響。西側能量較弱，空間有些許不穩。然而他是將「四神」作為一個不可分的概念，同時使用四樣神器的力量。因此只要多花點時間，其他三方將自然同化西方，矯正歪曲。然而——

「刃更他……應該會在那之前就趕到吧。」

對方手上有真正的「白虎」，而斯波手上的只是轉化「聖喬治」而來的複製品。假如破壞真正的「白虎」，難保不會影響其他三樣神器。雖然當時刃更來得比想像中快也有不小影響，但「白虎」拒絕斯波的原因才是問題所在。

「真是的……想不到那個高志會給我們留下這樣的風險。」

「——讓我來吧。」

斯波苦笑嘆息時，兀立般飄浮在他身旁的青年魔族這麼說。

那是年輕的高階魔族——巴爾弗雷亞。

「歪曲是來自神劍『聖喬治』的聖屬性影響對吧……我是魔族，由我來調整或許會比等它們自然同步來矯正更省時。」

「嗯……那就不好意思，麻煩你嘍？」

「沒問題。畢竟開出這條路之後，就能直達我們的悲願了。」

聽巴爾弗雷亞淺笑著這麼說，斯波回答「是啊」予以肯定。

「可是不用修得太完美喔，到了『第二階段』以後就根本不需要考慮平不平衡了。」

「……恭一閣下，在你看來是有可能必須在現況下直接強制開始下一階段嗎？」

「嗯。」斯波回答。「因為對方有刃更。」

「他的無次元轉移能力，的確是有可能消除構築這空間的力場……」

巴爾弗雷亞蹙眉思索。

「雖然稍微有點不穩，但這仍是近乎完美的高階次元空間。只要他的能力無法從外側觸及中心點，即使『白虎複製品』造成些許不穩，也肯定是無法完全消除的吧。」

但話說回來——

「要是他想強行消除而破壞任何一角，空間內部的能量就會一口氣噴洩出去。那股能量會瞬間吞噬他們，並將這一帶夷為平地……我覺得他們應該沒傻到會做出那麼魯莽的事。」

「大概吧。可是在空間完備之前，我們就必須考慮各種狀況以防萬一。」

是吧？

「刃更他們的確是個障礙——可是敵人不是只有他們啊。」

「……那倒是。既然我們現在所處的位置不過是起點，那確實有需要防止腳步被敵人絆住沒錯。我這就去了。」

話一說完，巴爾弗雷亞的身影便融入虛空般消失不見。

前去調整「白虎複製品」。

「接下來……」

就在斯波開口時，一隻鳥降落在距離站在天線上的他幾公尺處。那是非常珍奇的鳥——白鴉。

序　章
漫漫長夜的起始

——鴉基本上都是黑色，生出白子的機率極低。

然而這種在群體中特別顯眼的白色個體，一般來說在大自然中難以存活，因此數量少之又少。所以——如此珍奇的白鴉偶然闖入這高階次元的機率堪稱趨近於零，乃是出於必然。

而這隻必然的白鴉抬頭看向斯波——

『——你怎麼會幹這種蠢事。』

開口吐出冰冷的男性沙啞嗓音。

『竟敢對我們反戈，我看你是坐牢坐到精神錯亂，連自己性命都不要了……可以這樣解釋嗎？』

「嗨，阿爾巴流斯……不曉得多少年沒聽過你的聲音了呢。」

斯波對白鴉面露淺笑，說道：

「你製造出了我們，卻又因為管不住我而把我推給跟你們狼狽為奸的日本『村落』，掩蓋對自己不利的事實以來……應該已經快二十年了吧？」

『喔？……看來即使精神錯亂，你對時間的感覺還是很正常嘛。』

遙控白鴉的男子聲音中隱含笑意。

「真是的，怎麼這麼沒禮貌。以前就已經夠囂張了，想不到經過二十年時間的磨練，居然可以傲慢成這種德性。」

『說話小心一點……你在牢裡應該也聽說過我後來站上什麼位子吧？』

「那當然。從前只是區區大主教的人如今竟然變成了『聖王』大人，真是太神奇了。」

在「梵蒂岡」，聖王地位還要高過教宗這個表面上的領袖。

這個職稱代表他是能行使對一般人而言近乎奇蹟異能的聖人——統領勇者一族的最高頂點。這樣的職位並非只是個頭銜，而是代表他的力量確實足以君臨勇者一族。

這隻白鴉多半就是藉由阿爾巴流斯的能力，從較為不穩的西側潛入的，但這裡畢竟還是完全與外界隔絕的高階次元空間，這就表示——其能力之高可說是毋庸置疑。正好在巴爾弗雷亞離去時出現也不是碰巧，而是對方已經完全掌握空間內部狀況的緣故吧。於是，斯波詢問了他的目的。

「所以，『梵蒂岡』的頭頭找我有何貴幹？雖然我大致猜得到就是了。」

『我是來給你個忠告……不會再有下一次。』

透過白鴉傳遞的話聲驟降一階。

『你應該沒忘吧，儘管我把你交給日本「村落」來管，你的生命線還是握在我的手上。要是你再繼續胡來——』

「——就要殺了我嗎？」

如此低語的斯波嘴邊笑容反而加深。

「阿爾巴流斯，你真的敢那麼做嗎？殺了我會有何後果……創造出我的你應該比誰都清楚吧？」

『…………』

斯波對沉默白鴉另一頭的阿爾巴流斯再道：

「我可是你傾倒不利證據，等到應付不了才封印起來的人啊……破壞這個容器以後『內容物』會往哪邊跑，應該想都不用想吧？」

不是嗎？他說道。

「殺了我，你也會死。不只是你，整個『梵蒂岡』都會被吞進負能量的深淵裡……我實在不認為你會甘願放棄苦苦建立到今天並千方百計維持的地位，以及自己的性命。」

沒錯——勇者一族之所以沒處死斯波這個未爆彈，就是因為害怕封印在他體內的東西。

「雖然或許是你那高高在上的地位才會讓你說出那種話……不過用那種一點意義也沒有的事威脅我，實在很滑稽耶？就請你少擺那種架子，趕快把真正的目的說清楚吧。」

『……目的我已經說過了，就是忠告。』

阿爾巴流斯對訕笑的斯波這麼說之後——有東西浮現於斯波頸部。

那是類似主從契約詛咒的項圈狀斑紋，具有魔力的印記。

『而且我應該有說過……不會再有下一次。』

於此同時，印記爆出炫目白光，吞沒他的全身。

緊接著——伴隨搖撼周邊大氣的轟聲炸開了。

4

勇者一族的中樞，位在遠離日本的歐洲土地上。

其名為「梵蒂岡」。經過歷史與傳統的層層堆疊，人們對它的信賴也日益深厚，最後成了信仰的根源。而「梵蒂岡」內，有個君臨勇者一族，就連對外領袖教宗也得向其低頭，形同聖域的人物。

那就是——聖王阿爾巴流斯。

只有勇者一族知道的祕密地下大聖堂中，有張設於高處，能俯視整座大廳的座位，而那正是專屬聖王的寶座。

「愚蠢……」

阿爾巴流斯坐在象徵自己地位的頂點上，平淡語氣蘊藏沉著的冷酷。套在他右手食指，鑲有大顆寶珠的戒指，於不久前發出了淺綠色的光輝。

序章
漫漫長夜的起始

光輝代表刻於斯波身上的咒殺魔法已經發動。

——斯波恭一所說的，全是不摻虛假的事實。

對勇者一族——而且是有中樞地位的「梵蒂岡」而言，斯波的存在等同於阿基里斯腱。

所謂有光就有影，那是避無可避的定則。

——一切都是為了保護這世界不受邪惡魔族染指。

單純打著冠冕堂皇的正義旗幟，根本不可能實現他們的理想。

因此——勇者一族為實現正義，需要一套能維持族群長存，將勇者任何行動正當化的系統。

其中沒有大道理立足的餘地，就只有必須使他人認同其使命為正義的現實。用「黑暗面」來形容都嫌太溫和……簡直是無底黑沼。

其悽慘程度，從中世紀魔女狩獵等過去的虐殺歷史便可見一斑。

但那也是莫可奈何。畢竟魔族要消滅勇者一族時，可不會挑選手段。

再說魔族曾是神族，而勇者一族只是受到神族護佑而獲得部分力量，明顯處於下風，需要不擇手段才能和強大的魔族相抗衡。

結論就是，無論造成多麼龐大的「穢瘴」——只要能解決「穢瘴」的問題就不再是問題，反而能成為新的力量。

現在賽莉絲．雷多哈特等聖騎士與審訊官所屬的「特務部」，前身就是這個背負「梵蒂岡」的黑暗，執行私法的機關。

不過賽莉絲等現場人員中，沒有一個曉得特務部的另一張臉。他們都是相信自己的正義，為使命犧牲奉獻的人，沒必要拿不必要的真相動搖他們的心智。

然而將實際存在的東西掩飾成彷彿不曾存在不但非常困難，還需要一塊遮羞布——所以特務部才會是直屬於聖王的部署。

「已經過了二十年啦……」

阿爾巴流斯低聲呢喃，溯起時光之流。

——距今近二十年前。

阿爾巴流斯在等同勇者一族暗部的機關擔任現場指揮官。

進入這機關第一件事，就是非得捨棄自己的理智和道德觀不可。常識能使人心維持正常，同時也會侷限行動與思考的可能，而暗部的工作並不是保持原有理智可以踏入的領域——再說別說能否踏入了，不捨棄理智肯定會崩潰。

因此阿爾巴流斯以自己心理異常作為擋箭牌——秉著勇者一族使命的名義觸犯了數不盡的禁忌。

而扼殺理智的他所引領，並殘存到近日的計畫之一……就是斯波恭一。

——斯波的肉體渾身上下充斥著勇者一族的暗部歷史，宛如詛咒。

所以縱然明知讓他活著非常危險，也無法下手。

「你以為我會永遠丟著你這樣的危險不管嗎……」

時間會不斷推進。只要持續剖析鑽研，就可能解明過去束手無策的事物，找出解決的方法。斯波知道自己不會遭到處死，牢房就像安全的鳥籠——不，或許像搖籃一樣令人安心。

但相較於終日沉浸在那小小世界的斯波，阿爾巴流斯在這二十年間一方面守護世界不受魔族侵擾，一方面處心積慮地鑽研該如何排除斯波這個威脅。

「這下子……」

就在阿爾巴流斯百感交集地淺笑時——

『——再也沒東西可以束縛你了，是嗎？』

斯波的聲音在大聖堂內響起，奪去了阿爾巴流斯的笑容。

「怎麼會……」

咒殺魔法應該成功發動了才對。

阿爾巴流斯無法置信地往右手看。

只見食指戒的寶珠帶著尖銳聲響爆成粉碎。
目睹這畫面，阿爾巴流斯難以接受地瞪大了眼。
『……時間之流對誰都是一樣公平喔，阿爾巴流斯。』
斯波的聲音又在大聖堂響起。
『我也不想否定你這二十年來背負勇者一族存亡，和世界共生死的苦勞啦……可是這二十年我也沒白過，畢竟我好歹也知道你根本不想跟我多有牽扯。我生活的世界的確沒有你們那麼廣，能得到的知識和技術也十分有限。』
不過呢——斯波說道。
『相對地，我這二十年來卻能不分晝夜地面對我自己……而且甚至觸及了俯瞰世界的你們所到不了的深層領域。你把我交給日本「村落」時，對我下了「咒殺魔法」當保險。當著我的面下那種魔法，應該是為了牽制或約束我吧。』
實在太可惜了。
『不過我早就知道怎麼處理咒殺魔法。借用你的話來說，就是再也沒東西可以束縛我了。這都是多虧你的好心提醒啊，阿爾巴流斯。』
「！……混帳東西……」
斯波嘲笑似的一番話氣得阿爾巴流斯咬牙切齒，怒道：

序　章

漫漫長夜的起始

「你的力量是很強大……可是你真的以為自己打得過整個勇者一族嗎？」

聽他仍在誇耀自己的力量，斯波聲音中泛起淺淺笑意：

『這可難說。手上有王牌能用的不是只有你們啊。』

「是指你所搶走的『四神』嗎……你以為得到四樣神器就能翻盤？」

『天曉得。可是很不巧，我不想告訴你那是什麼……反正答案很快就會揭曉了。』

說到這裡，斯波語溫驟降。

『從前，人們觸犯禁忌，被神一怒之下逐出天上的樂園，而現在輪到你們了。你就親身感受一下勇者一族——你們自己犯了多少禁忌吧，阿爾巴流斯。審判日就快到了。』

「什麼……你在打什麼主意！」

斯波彷彿在說「敬請期待」的陰森口氣讓阿爾巴流斯不禁這麼問，然而對方再也沒給他任何回應。

不知是他以魔力創造的白鴉遭到消滅，還是使得西方空間不穩的「白虎複製品」已調整完畢，總之雙方間的通訊已經完全斷絕。

如今，聖王阿爾巴流斯失去了對付斯波的手段。

——這代表一件事。

勇者一族長久以來都在抵抗魔族，保護世界。

可是他們再也阻止不了自己所創造的禁忌。

斯波恭一。

——那是無聲無息，將世界導向絕望的倒數計時。

勇者無力阻止危機逼近，普通人就連危機的存在都無從得知。

或許只有神那樣的人物，才有可能力挽狂瀾。

然而在這般狀況下，仍有一群人試圖採取行動。

少年，亟欲保護勇者一族所保護不了的事物。

少女，則是為愛而追隨少年。

少年穩住兒時玩伴的病情，並得知斯波恭一的背景後，帶著靈槍「白虎」離開了診療所，回到遭斯波破壞的「儀式堂」，見到澪、柚希和胡桃三人都在那裡等他。

「抱歉——我來晚了。」

這麼說完，少年——東城刃更見到靈刀「咲耶」在柚希腰間、操靈術的手甲在胡桃手上時，安了不少心。

「太好了……看來叔叔成功說服長老了呢。」

「嗯，你那邊好像也很順利的樣子。」

「是啊。」刃更對點頭回話的胡桃輕舉靈槍「白虎」，表情嚴肅起來。

「現在需要的東西都到齊了，我們走吧。」

東城刃更輕聲說道：

「我們必須——阻止斯波。」

第1章　眼中凝望之物

1

——那是名副其實呈現禁忌一詞的行為。

勇者一族是為了保護世界，抵抗魔族而存在，歷史長久。

在其漫長的歷史當中，沒有人能否認東城迅是有史以來最強的一個。而這樣的評價在他於前次大戰立下輝煌戰績前，就已經確立。

於是，「梵蒂岡」特務部盯上了能力無人能及的迅。

當時魔族步步進逼，迅暫時加入特務部，協助研擬決戰策略與殲滅掃蕩作戰。然而特務部卻趁機竊取他的毛髮，利用因不道德而列為禁咒的魔法培養細胞，展開量產複製人計畫。

為了盡可能提昇複製人的完成度，外表設定與當時迅的年紀相同，即十四歲。

然而——即使使用禁咒魔法，同樣難以達成百分之百的複製。頭一批的十具因為能力遠不及迅而全體廢棄。自第二批起計畫改變方針，不再拘泥完全複製，另外融合捕獲或使役的

第1章
眼中凝望之物

神獸、魔獸、精靈等強力生物的靈子或細胞，試圖做出全新的最強勇者。

無疑地——這同樣觸犯了禁忌，當然會造成「穢瘴」。

而且如此大幅脫離道德常軌的行徑，會產生非常強烈的「穢瘴」，對「梵蒂岡」而言將是致命傷。

——但是，既然這是可以預知的問題，就能事先擬定對策。

當時的特務部即是如此——阿爾巴流斯等研究員準備了解決「穢瘴」的方法。

那就是利用迅的複製人失敗作，當作封存「穢瘴」的容器。

將觸犯製造複製人這個禁忌所產生的「穢瘴」，用其他複製人概括承受，封印起來另行處理。這是因禁忌的循環而成立，慘無人道的除穢系統。

儘管如此，為了抵抗魔族——他們的研究仍不斷延續。

不過這個系統本身也免不了產生「穢瘴」。勇者一族是獲神族選為對抗魔族的戰力，賜予特殊能力而來，這樣的作法被神族認為不妥也是理所當然。

不過——當時的特務部有個靠山。一名高階神族瞞著神界偷偷援助特務部的研究。

而且這名高階神族甚至高居十神之一——在這名神族的協助下，「穢瘴」壓抑到系統不至於崩潰的程度，研究速度因而節節升高，規模也一再擴大。

於是。

在第十三批無數複製人中——出現了一個特異的個體，那就是斯波恭一。

斯波原本也被認為是失敗作，但或許是其所使用的高階魔族細胞組合出了不同於其他個體的效果，令他近乎是可以無止境地容納「穢瘴」。

而且特務部還看出他不同於以往的複製人，能將納入體內的「穢瘴」轉為己力，甚至有接近迅的潛能。

對當時的阿爾巴流斯等人而言，斯波的出現簡直是一道曙光。成功案例的誕生，為他們不惜觸犯禁忌的計畫賦予了實際意義。

不僅如此——他們也許還為這結果深深著迷。

作起只要持續下去，說不定自己真能創造最強勇者的美夢。

於是阿爾巴流斯等人的計畫，開始轉往強化斯波一途前進。

——然而，這場美夢卻成了最大的夢魘。

在強化斯波的過程中，發生了非同小可的嚴重問題。

某天，彷彿突變一般——斯波的力量出現跨層級的爆炸性提昇。

強大到就連製造出他的阿爾巴流斯等人都無法控制，所以他們趕緊求助於協助研究的高階神族。

但是——那位神族可能是害怕惡事敗露給神界知道，便就此銷聲匿跡，宣告這條路已到盡頭。

要是殺了斯波，他體內的「穢瘴」不只會吞噬特務部，甚至整個「梵蒂岡」都要遭殃。因此——「梵蒂岡」只剩下隱匿斯波的存在一條路可走。

「梵蒂岡」不願再把斯波留在手邊，便與日本「村落」暗中協議，將他交給日本管理。「村落」之所以決定承受斯波這個麻煩，是因為當時獲得的好處遠超過風險。即使有迅這般舉世無雙的頂尖高手，當時的日本「村落」不僅不被「梵蒂岡」放在眼裡，也沒有足以影響其他地區的發言力。可是只要替他們處理斯波問題，就有籌碼和他們討價還價。

於是日本「村落」以接收斯波為條件，獅子大開口地要求「梵蒂岡」提供政治扶助。而「梵蒂岡」情願接受這樣的條件，不外乎是想要一個觸犯禁忌的共犯。

由於斯波這個祕密恐怕會成為「梵蒂岡」的致命傷，在談判桌上也可當作威脅的籌碼。但若日本「村落」是在知情狀況下為自身政治利益而接收斯波，那便與「梵蒂岡」同罪，成為斯波恭一這個「穢瘴」的對象。「梵蒂岡」就是需要如此一個可以分擔罪責的共犯。

最後在雙方各諳所需的狀況下，「梵蒂岡」與日本「村落」交涉成立——兩者不可告人的共生關係就此誕生。再加上迅在大戰中立下巨大戰功，戰後日本「村落」的發言力道提昇至僅次於「梵蒂岡」的地位。

見狀，「梵蒂岡」當然是盡可能地想撇開日本「村落」，而日本「村落」則是處心積慮想爬到「梵蒂岡」頭頂上。
表面上，勇者一族是齊心合力對抗魔族保衛世界——但檯面下，部分高層卻總是為了爭權奪利而勾心鬥角。
這就是勇者一族的現實——以及現況。

2

「——這就是薰阿姨告訴我的，關於斯波過去所發生的一些事。」
東城刃更以此為自己對澪等人的說明作個總結。
自「村落」啟程後，刃更一行與候在途中車站附近的萬理亞和潔絲特兩人會合，正式開始追捕斯波。
胡桃請風精靈們製造出巨大風龍代步，同時展開防風障壁，在冬季高空的冷空氣中高速飛行也不覺得冷。由於風龍是魔法產物，飛行能力也是魔法，乘於龍背的刃更等人形同裹在風魔法當中，一般人無法看見，可以在天空自由飛翔。
在修哉幫忙下獲准帶出「村落」外的靈槍「白虎」所引導下，眾人往有「四神」反應的方向——東方前進。

『…………』

就在這樣的追擊當中，大家一時間難以相信——不，是難以理解自己聽見的真相。

見到眼前女孩們啞口無言的模樣，東城刃更心想——

……這也難怪。

當時在診療所聽完薰說明後，刃更也是一時說不出話來。

但狀況不會等人。若不盡早抓回斯波，不曉得會發生怎樣的大事。

——其實，刃更也可以選擇對澪等人隱瞞斯波的祕密。

因為她們心地善良，知道真相後多少會有些猶疑。

而與斯波交戰時——這樣的猶疑恐怕會成為致命傷。

……然而。

假如什麼也不說就與斯波開戰，要是斯波在戰鬥中揭露真相——澪她們陷入險境的可能性也很高。而且斯波這個男子在必要打心理戰時，肯定會毫不留情。

薰會對刃更說出真相，應該也是考慮到這個危險性吧。

於是刃更很快重整精神，轉換想法。不過——

……大家不一定可以。

和他同居的澪等人，都曉得刃更是多麼地以父親迅為榮。她們不說話，多半是顧慮到刃更——以及迅的心情。

尤其是滯留「村落」的期間，澪、柚希和胡桃實際與斯波重逢且對峙過，三人表情顯得更加驚愕與徬徨。自認是刃更女僕的潔絲特，表情也相當沉痛。而在這當中——

「沒想到那個人會是迅叔叔的複製人……『梵蒂岡』怎麼搞那麼大一個包出來啊。」

與潔絲特一同在外會合的萬理亞，打破凝重的沉默無奈嘆息。

——但這並非是萬理亞不懂得看場合說話，也不是因為她不像澪她們那麼在乎刃更的感受。就只是不希望大家把刃更和斯波的關係想得太重，自告奮勇改變氣氛罷了。

刃更十分感激萬理亞這片心意，並苦笑著說：

「就是說啊，之後一定要跟『梵蒂岡』好好談談。」

隨後表情一變。

「可是現在——我們先檢討怎麼對付斯波吧。」

聽見他說得如此嚴肅，澪等人便立刻明白他的意思——當她們確切頷首時，眼神已不再迷惘。

這表示，真正的作戰會議可以開始了。這時——

「——話說回來，為什麼斯波要往東跑啊？」

胡桃的問題，也近乎必然是第一個該出現的議題。

「我還以為他搶走『四神』後一定會往西邊跑呢。」

「西邊有什麼嗎……？」

刃更轉頭對潔絲特說：

「對喔……我還沒對妳仔細說明過『四神』的由來和它們起源的相關傳說嘛。」

「別這麼說……是我自己明知它們是神器卻沒有仔細研究相關資訊。」

「『四神』原本是中國神話裡四隻靈獸的總稱……」

柚希如此開頭，對「四神」作簡單說明。

「『朱雀』、『玄武』、『青龍』、『白虎』四隻靈獸分別掌管、保護著天空的四個方位。」

「這個思想在很久以前也傳入了日本，首都移建時——平成京和平安京都有用到這個概念。」

澪接著補充。過去與使用「白虎」的高志戰鬥時——刃更等人為研擬對策，對「白虎」等「四神」作過一點研究，有一套基礎知識。

而潔絲特當時還沒有和他們直接見過面，只有在城區戰時和瀧川一起觀戰。兩人當時的主要監視目標是澪，對「白虎」的認知就只是勇者一族追兵高志使用的神器，了解不夠也無可厚非。不過理解力強的潔絲特很快就從柚希和澪的簡單說明，明白胡桃大致是什麼意思。

「我懂了……如果要把『四神』的力量發揮到最大，就要到日本的奈良或京都，或者跨海前往中國才合適，而無論何者都在『村落』的西方。」

「對……可是斯波卻往東跑。」

說完，刃更垂眼注視「白虎」。

暫時助他們一臂之力的靈槍尖端，從離開「村落」後就持續直指東方。斯波刻意往那裡走，一定有其企圖。

——東方會有的是……

刃更心中浮現某項可能時——在右手邊能見到富士山山頂的高空，「白虎」鋼頭忽然放出光芒。

「怎麼了……？」

「刃更哥，那邊！」

刃更為「白虎」的變化皺眉時，萬理亞也如此大叫。

隨聲向前看去，便直接見到了「答案」。

刃更等人視線彼端——一個巨大的結界籠罩著遙遠的深夜東京。

第1章 眼中凝望之物

3

那是個半球體的結界。

目測直徑約有四十公里——以結界而言可說是超巨型的尺寸。

「果然……」

見到它，使刃更更加確定自己的猜測沒錯。

「……你想到什麼了嗎，刃更？」

「對。」刃更回應了詢求說明的澪，解釋道：

「雖然沒有平安京或平城京的說法那麼有力……但是有些學者認為，東京在江戶時代也是以四神相應概念建設起來的風水都市。」

學說中提到，如今成為皇居的江戶城是受開創德川幕府的德川家康之命，在城鎮中找到符合四神相應的地形，於其中心建設而成。

「而四神相應是以『山川道澤』的地形考量為基礎發展而來。『山』對應北，指山丘地；『川』對應東，指河流；『道』對應西，指幹道；『澤』對應南，指湖沼。在有這四種地形圍繞下，就是建城的好位置。」

柚希在刃更說完後接著補充說明：
「以京都來說，北有船岡山，東有鴨川，西有山陰道，南有巨椋池，符合這個概念。」
「東京……江戶市區也有同樣條件嗎？」
「是啊，但也只是……一種說法。」
刃更對潔絲特的問題如此附註後解釋：
「北有神田山，東有隅田川，西有甲州街道，南有東京灣。江戶城就是蓋在這樣的山川道澤裡……大概就是這樣。」
「原來如此……不過從那個結界的大小看來，好像沒有用到刃更哥說的江戶那種山川道澤耶？」
「是啊……沒有錯。」
刃更點頭回答萬理亞的疑問，望向眼下布展的巨大結界。
結界東至千葉縣市川，南達神奈川縣川崎一帶。至少顯然是沒有沿用德川家康建設江戶市區所用的山川道澤。
……儘管如此。
斯波八成——不，肯定就在裡頭。
「——刃更哥哥，現在怎麼辦？」

第①章
眼中凝望之物

於是在結界周圍盤旋中，胡桃這麼問了。即使在其他人面前也這樣稱呼刃更，是因為之前她和柚希一起和刃更加深關係的緣故吧。

刃更垂視手中「白虎」，回答：

「……我們在結界西方反應特別強的地方降落。那個結界無疑是用『四神』的力量設下的。」

因此——

「我們如果要進入結界，就只能利用『白虎』本尊掌管西方的力量，從西方下手。」

「——好的。」

胡桃點頭回覆指示後風龍開始下降，節節放低高度。

最後一行人降落在東京世田谷區——砧公園裡。

刃更站在結界與正常空間的界線邊，仰望眼前的巨大結界並架持白虎。這時——

「刃更哥……『白虎』是王牌，考慮到可能的危險，先試試其他方法也沒關係吧？」

隔著一步距離等候的少女中，有個人這麼問道。

是萬理亞。

「先用我的拳頭或澪大人她們的魔法試試看結界是什麼構造，或許會有幫助吧？」

「嗯，是有一試的價值沒錯。如果能多蒐集一點資訊，當然是愈多愈好。只是——」

刃更搖搖頭，表情嚴肅地說：

「這個結界是斯波設的，不只會有強度問題……放了陷阱也不奇怪。要是冒然出手，可能會遭到致命反擊。我想盡可能避免這種風險。」

而且——

「我想結界不管有什麼陷阱，都一定不會破壞『白虎』……因為這裡面應該是賽莉絲那把變成『白虎』的神劍『聖喬治』。所以如果能順利同化——結界可能會直接把我們包進去。」

此外——

「『聖喬治』變成『白虎』，是為了補足『四神』欠缺的力量。現在可能已經被其他三者強制同化了。」

「所以讓『聖喬治』接觸真正的『白虎』，可能會讓它重新認識到自己是神劍而不是『四神』的複製品，進而恢復原狀……」

「沒錯。」刃更對替他接話的柚希點頭說：

「只要『聖喬治』復原，這個以『四神』構築的結界就會喪失一角效力，也就維持不了了。」

有助於破壞斯波恭一的陰謀。

於是刃更雙手握緊白色靈槍，輕聲說道：

「開始嘍，『白虎』──把你的夥伴搶回來。」

『──』

掌管西方的靈槍呼應似地發出淡淡白光──將刃更與其背後的澪等人罩入光輝之中。

同時刃更往結界挪近「白虎」槍尖，當兩者接觸的那一瞬間──眼前結界驟然膨脹般大幅擴張。

帶著炫目光芒吞沒所有人。

4

視覺的空白，只有短短幾秒鐘的時間。

被光籠罩的期間，刃更等人都感到了些許變化，告訴他們自己已由正常空間成功入侵結界內部。

「這裡是──」

炫目白光很快如霧氣般消散，待視野恢復正常後，刃更為所見景象皺起了眉。

——他們並不是進入了異空間或異次元之類的地方。

眼前無疑是日本街景，表示斯波的結界是複製實際空間的類型。不過——

「……看來真的不是普通結界。」

「是啊。」刃更對提高警覺環視四周的澪點點頭。

——進入一般的空間複製型結界時，景物不會改變。

因為結界內外是同一個地點。

可是刃更等人卻是位在河堤上。原先所在的砧公園稍南處，是有條寬度相近的一級河川沒錯，但景物卻不一致。

不知被傳送到哪裡了。為防萬一，刃更拿出手機試試ＧＰＳ是否正常。

「……果然不行。」

結界裡是獨立空間吧。液晶螢幕表示沒有訊號，無法作任何通訊。

「……我好像在哪裡看過這裡。」

「真的嗎？」

胡桃似乎想起些什麼，使刃更轉過頭來。

「嗯……應該是東京。我記得——」

「！——大家閃開！」

第1章
眼中凝望之物

話說到一半，刃更突然發出警告。正在戒備的澪等人全隨這一喊立刻散開。

大喊的刃更自己最後一個蹬地後躍。這是為了協助來不及躲開的人而作的保險。

緊接著——地面在巨響中大舉爆散。分散跳開的刃更等人原所在的河堤一角，受到來自正上方的衝擊波攻擊。

猛烈高揚的塵土中，他們隨即察覺到那一擊是何屬性。

「風屬性的攻擊……是『聖喬治』變的『白虎複製品』嗎！」

恐怕與上次高志的「白虎」失控那時一樣，聖獸已是顯化狀態。肯定是認定入侵者為敵人後發動了攻擊。

刃更瞬時對狀況做出判斷，在堤上柏油路著地並仰望背後天空。

「————！」

然而見到的卻是出乎預料。

那是「四神」之一沒錯——但不是白虎。

在夜空中顯現巨大身軀的是東方的守護聖獸——青龍。

這時，四散的澪等人已迅速聚到刃更身邊。

「——刃更，沒事吧？」

「我沒事……大家都沒事吧？」

澪等人點頭答覆後，刃更和所有人一起再次仰望青龍，準備應戰。不過——

【————】

青藍的守護聖獸卻只是浮在空中俯視他們，沒有進一步攻勢，看得萬理亞皺眉問道：

「……怎麼都不動啊？」

「因為『四神』是守護聖獸……和高志那次『白虎』失控一樣，只要我們沒有侵犯行為，對方就不會攻擊。」

「那剛才又是怎麼回事？」

「因為我們入侵了青龍的領域……又或者是它的關係。」

刃更看著手上靈槍回答澪。

「『白虎』和『青龍』互為相對的兩極。雖然同屬『四神』，可是在這結界內的『白虎』不是它，而是斯波用『聖喬治』變成的『白虎複製品』。」

不知認為白虎是冒牌貨還是出於其他理由——總之對青龍而言，就是自身領域內突然出現了屬性與自己相反的入侵者。而且刃更一行對於進入結界前後的位置完全不同而提高警覺，戾氣濃烈，是以被青龍認定為敵人或威脅而攻擊也就不奇怪了。

「可是那頭青龍……無論體型和壓迫感都相當巨大，之前刃更主人兒時的朋友讓『白虎』失控那時所顯化的聖獸，和牠完全不能比，剛才攻擊的威力也是一樣。難道身為聖獸，

『四神』之間還是有強弱之分嗎？」

「不……雖然強弱順序眾說紛紜，不過差別應該沒有這麼大。畢竟牠們是守護四方的聖獸，力量必須有所均衡。」

「那麼那頭青龍的力量……」

「——差距恐怕是在使用者身上吧。」

刃更帶著確信回答潔絲特。

——武器所能發揮的力量，都會受到使用者大幅影響。

即使是「四神」這樣的神器也不例外。

而現在，「四神」的使用者不是高志，是那個斯波恭一。

當時的高志與此刻的斯波——雙方實力差距，即是過去失控而顯化的白虎，與如今結界內青龍的差距吧。

「這樣我就能夠理解了……可是我們明明從西方進來，怎麼會遇到青龍？而且牠用的還是風屬性攻擊。」

萬理亞盯著刃更手上的靈槍，困惑地問出第二個意外：

「風屬性不是這把『白虎』所操控的能力嗎？」

澪和潔絲特知道過去高志使用「白虎」時的戰況，似乎也有相同疑問。

而刃更對她們三人的回答是：

「……不，青龍並不是不可能使用風屬性能力。」

刃更對於眼前的現況，心裡大概已經有個底了。

遭遇到青龍，與牠使用的是風屬性攻擊——這兩件事情本來就有可能同時成立。

柚希和胡桃也都知道。只要是勇者一族，都能明白這樣的可能。

「的確，在我們『村落』的『四神』裡，是將『白虎』劃分為風屬性，然而那只是勇者一族為自己方便所作的設置。」

「為自己方便……？」

澪復述刃更的話問道。回答她的人則是柚希。

「通常，我們從神族獲得力量的勇者一族會使用『火』、『水』、『風』、『土』這『四大元素』，再加上聖屬性的『光』之力量，而魔族則是加上魔屬性的『闇』之力量。」

所以——

「我們勇者一族的『村落』，將『四大元素』分別劃給了『四神』。可是原本……傳說中的『四神』所代表的屬性，並不是『四大元素』。」

「別忘了『四神』原本是來自古代中國的守護聖獸喔。」

胡桃接在柚希之後繼續說明：

「中國是使用『土』、『金』、『木』、『火』、『水』的『五行思想』來看待萬物的屬性……『四神』也不例外。」

然後──

「在『五行』中，『青龍』所守護的東方屬『木』……而『木』之中也包含了『風』。牠會使用風屬性攻擊多半是因為這個緣故。」

「如果繼續用『四大元素』為基礎，力量就只能用在保護『村落』……或是勇者一族的使命上，自然也就不會把力量借給背叛勇者一族逃出『村落』的斯波。而這個問題，只要他重新設定『四神』的屬性就可以解決了。」

刃更一邊說明一邊想──說起來輕鬆，然而斯波所做的事其實非常驚人。

──因為「四神」並非只是單純的武器，也是擁有意識的最強神器。

要配合自身需要改變「四神」屬性，不只是需要成為它們認可的使用者那麼簡單──若是無法使它們臣服，根本就不可能辦得到。

……看來得快點才行。

離開「村落」不過幾個小時……然而斯波卻已經將「四神」完全納為己有。若繼續給他更多時間，真不曉得會釀出什麼大禍。

更何況「五行」具有「四大元素」所沒有的特性。

刃更發現事態進行速度超乎想像，危機意識更加高漲。

「『五行』啊……記得那是一種不透過魔力，而是利用風水操縱這個世界的氣的系統。可是既然『青龍』依然是守護東方——表示他在結界下了會讓我們跑來東方的機關嗎？」

「也有這種可能……他或許是預測到，我們會打算用真正的『白虎』讓『聖喬治』復原以解除結界，所以把我們送到最遠的一側好爭取時間。」

「也對……那麼這裡……」

「————……！」

聽了潔絲特和萬理亞的對話，刃更再次環視四周。

並且因為發現了一件事情而錯愕得倒抽一口氣。

5

「該不會……可惡，這下嚴重了！」

東城刃更憤而唾罵。

「刃更，怎麼了……？」

「……這裡是江戶川。」

「江戶川？……所以我們真的跑到東邊來了？」

刃更對澪解釋道：

「不太一樣，這個結界空間是以反轉方位的方式構成的——像鏡子那樣。」

所以才會從西側進入卻撞上守護東方的青龍。

「這樣啊……難怪我覺得有看過這裡。」

胡桃恍然大悟地說道。

「之前我和高志跟斯波出任務時，為了勘查哪裡適合跟你們戰鬥而來過這附近調查……難怪我會一時想不起來，因為方位反轉，河的左右也對調了。」

「可是刃更哥，方位逆轉是很嚴重的事嗎……？」

「對，非常嚴重。」

刃更表情凝重地對萬理亞給予斷定的答案。

「『四神』應該是配置在結界內的東西南北方，而這裡在方位逆轉的結界裡是東方……不過外面實際上卻是西方。」

因此——

「假如他解開結界，『四神』全都會落在實際空間的相反位置。不是本來該守護的對稱方位——也就是敵位。」

「……原來如此。」

聽了這句話，潔絲特發出表示理解的低喃。

「『四神』只會在結界裡做牠們守護聖獸的工作……假如將結界解開回到原來空間，當『四神』被配置在相反位置時會使得牠們的存在意義也一起反轉吧。」

一口氣後，她做出結論。

「也就是——從守護變成破壞。」

「不會吧……」

澪詫異驚嘆道。倘若潔絲特所說的狀況真的發生，四隻守護聖獸將會因此失控，毀滅這個名叫東京的城市。如此一來，無可避免地將會出現更甚於巨大天災的死傷。

「…………！」

想到事情可能惡化至此，刃更不禁沉下了臉。

——這麼一來，我們就不能任意對結界出手了。

不僅如此，如今整個東京的人都可說是他的人質。就算能將斯波逼到絕境，只要他威脅

第 1 章
眼中凝望之物

要解除結界一切就完了。

……所以他……

刃更明白了斯波為何會選擇東京來完成野心。

——由於「都道府縣」的觀念深植人心，一般人都認為東京是「東京＋都」。然而它的名字實際上是源自政治中樞——京城東移，視作「東方的京都」才正確。且既然沒有西京，東京便是唯一與京都相對的城市。若是要逆轉「四神」配置，沒有比這裡更適合的地方了。如今斯波已先發制人，占盡地利了。

……狀況對我們是壓倒性的不利……

這是無法顛覆的事實，但即使如此他也不能輕言放棄。

於是刃更將自己心中導出的答案說了出來：

「定位的人會在方位的中心……所以斯波應該會在結界中央。可以的話，是很想直接殺過去。」

問題是——

「然而為了不讓斯波再玩出其他的花樣……我們必須先鎮住青龍和其他三個應該也都顯化了的四神，只是這樣會花費比較多的時間和體力。」

上次高志使得「白虎」失控，刃更斬除顯化成聖獸的「白虎」時並沒有傷到武器本身，只是讓靈槍的力量鎮靜下來而已。
假如這次也能讓聖獸進入那樣的狀態，牠們就沒有餘力發狂，如此一來解除結界也就不會造成問題才對。
「應該說……我們只剩下這個方法了吧。」
胡桃表情凝重地撫摸鑲在操靈術手甲上的元素說道：
「我請精靈調查過結界裡面的狀況了……看來事情不只是方位逆轉那麼簡單。」
「──什麼意思？」
柚希輕聲問道，胡桃點頭回答：
「嗯，這個空間是用『五行』來架構的沒錯。中央是圓形的『土』屬性，然後東西南北以扇形分開……可是東西南北四個空間各自分斷，只有中央方向的交界沒有阻隔，外表看不出來。」
「咦？那這樣我們不就不會遇到其他『四神』，可以直接打進他們的所在地了嗎？」
「我不是說沒那麼簡單了嘛。」
胡桃以老師般的語氣對萬理亞說：
「聽精靈說，這邊和中央之間的空間遭到扭曲……好像是連到『金』屬性的西方，再來依序是『火』和『水』，所以是先南再北，沒有別的路……最後才是中央。」

第1章
眼中凝望之物

聽了空間順序後，刃更立刻明白了斯波的企圖。

代入各方位的屬性後，便能看出那順序會製造「五行」中某個動向。

「原來是這樣……」

「……刃更哥，你想到什麼了？」

萬理亞這麼問的同時，有人開始動作。

動手的人是柚希。她將靈刀「咲耶」具現化，從刃更身邊向前進——踏上距離青龍最近的位置仰望著天空。

「青龍我來處理——你和其他人先走。」

「妳、妳在說什麼傻話！這和之前『白虎』顯化的時候不一樣耶！」

聽了柚希突如其來的宣言，澪不禁出聲制止。

「怎麼能留妳一個和那種怪物對打……！」

澪的擔憂不是沒道理。畢竟那頭青龍的力量，完全不是過去顯化的「白虎」可以比擬。

可是——柚希依然搖了頭。

「在這狀況下，我留下來才是最好的……要是每個人都留下來，反而順了斯波的意。」

這是因為——

「刃更和胡桃應該已經發覺了。『四神』屬性換成『五行』之後——會產生『相生』和

『相剋』的問題。」

那是伴隨「五行」力量流動方式而來的現象。

「四大元素」與「五行思想」。

雖然兩者都是來自元素循環之理。然而「四大元素」是依據所謂「柏拉圖之環」的變換方式。「火」凝結成「風」，「風」液化成「水」，「水」凝固成「土」，而「土」昇華成「火」。

相對地——「五行」之間也有相當於「柏拉圖之環」的屬性，那是稱作「相生」與「相剋」的正負流向。

「木」燃燒生「火」，「火」中產生的灰會成為「土」，「土」中產生「金」……也就是金屬，然後「金」表面會有「水」凝結，而「水」又會滋養「木」。這種正向循環稱作「相生」，反覆進行能增幅力量。

然而「木」會吸收養分使「土」貧瘠，「土」能吸收並阻擋「水」，「水」能滅「火」，「火」的高熱能熔化「金」，至於磨得鋒銳的「金」能砍斷「木」。這個負向連鎖即為「相剋」。

這裡的正負在「五行」中稱作「陽」與「陰」——也就是光與闇。

不過在「柏拉圖之環」中，力量不會產生變動，近似質量不變的等價交換，而「相生」

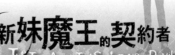

則是增幅正向力量，「相剋」增幅負向力量。

「斯波要的就是這個『相生』或『相剋』——也可能兩者他都想要。」

聽到柚希說的話，潔絲特皺眉問：

「目標應該是『相剋』吧？照之前胡桃小姐說的空間順序來說，中央的『土』和我們所在東方的『木』屬於『相剋』，會不會是想把這個力量用在攻擊我們上？」

「……單從空間來看是這樣沒錯。」

刃更解釋道：

「可是斯波特地搶走了『四神』。如果要把他們的力量增幅到最大並占為己有，無疑會一併利用『相生』的作用。現在『青龍』顯化在江戶川上，那不僅是基於山川道澤思想，還運用到了東方的『木』屬性會受到『水』屬性幫助的『相生』特性吧。」

恐怕——

「即使像胡桃說的那樣，除中央以外各方位之間都有障壁阻隔，然而地形上還是相連的。必須考慮到斯波可能會設下機關，用『相剋』對付我們這些入侵者的同時用『相生』加強自己的力量。」

而且——

「他打算要用這股力量向『梵蒂岡』和『村落』……不，對整個勇者一族報仇。」

由於「相生」是藉由不斷循環來增幅力量，因此給斯波愈多時間，情勢就對他愈有利。已經強如怪物的斯波力量要是再膨脹下去，到時候就真的無計可施了。

「所以我們要儘快趕到斯波那裡……青龍屬『木』，剋牠的是『金』，所以我的『咲耶』應該對牠有效。」

柚希握緊靈刀刀柄，口氣比誰都冷靜——而且正確。

於是東城刃更作出決定。

「我知道了……柚希，那就拜託妳了。」

那就是相信野中柚希——將現場交給她處理。

「姊姊……」

柚希對憂心注視她的胡桃淺淺一笑說道：

「妳放心……打倒牠以後，我馬上就會趕上去。」

接著柚希握持「咲耶」，向前方的青龍奔去。以前傾姿勢一口氣奔下河堤達到最高速，並於疾行中揚刀高揮。連續斬擊使每一刀化作無數半月形氣刃，劃破虛空竄向青龍。

【————】

可是在擊中青龍之前——所有氣刃都被青龍以風製造的護壁彈開，部分砸中河堤或江戶川。

連續轟聲中，土石與河水接連炸向天際，掀起一整片土煙水幔。同時——

「——快走！」

刃更等人隨著柚希這聲呼喊一起動身。胡桃和澪都沒有使用飛行魔法，直接在地面奔跑，這是為了不讓青龍發現。柚希都將青龍注意力拉到她一人身上了，要是使用魔力飛上沒有任何遮蔽物的空中，等於是擺明了要讓青龍攻擊。在一瞬間遠離背後柚希與青龍的戰鬥聲響的高速下，刃更問道：

「——胡桃，妳說結界是照五行來分割，然後東西南北互相隔開？」

「嗯，只有通往斯波那邊的中間位置有開。不過我剛才也說了，交界空間遭到扭轉，不會直接接到中間。」

胡桃點頭回答後，萬理亞和潔絲特也相互確認後續狀況。

「然後……妳是說再來會連到西邊是吧？」

「那麼接下來等著我們的就是白虎吧。」

「白虎在『五行』當中是什麼屬性，刃更大人？」

「屬『金』，剋牠的是『五行』當中的『火』。」

「……所以我的魔法最有效吧？」

聽了刃更的回答，有個少女以堅決眼神注視前方。

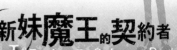

那就是成瀨澪。

6

深夜時分跑在結界內無人的國道14號上，成瀨澪回想過去。

幾個月前與使用「白虎」的高志戰鬥時——自己能做的只是爭取時間而已。

當然，她和萬理亞一起確實完成了自己該做的事情。

可是……

壓制高志的是刃更，聖獸白虎顯化後打倒牠的也是刃更。另外——是柚希替他製造打倒白虎的機會。

澪能做的，就只有旁觀而已。

……不過。

澪心想——現在的自己已經不同以往。

為了破壞斯波以東京市街為人質，以及藉「相生」獲取「四神」力量的企圖，他們必須攻克顯化的四頭聖獸才行。

——老實說，其實澪很想和刃更合力對付斯波。

然而柚希多半也有也有同樣想法，但她卻決定第一個留下來處理青龍。因為那是她最能發揮力量的戰場。

而那也將成為協助刃更打倒斯波的力量。

……所以我也……！

接下來的西方地區，「金」屬性的白虎多半已經顯化，等待他們的到來。

既然「火」屬性對白虎有效，眾人之中可以相對應的自然就是澪了。

「胡桃，會送我們去西邊那個空間被扭轉的界線在哪邊？」

「快到了——過了隅田川就是。」

當胡桃回答澪時，隅田川和大橋已出現在視線彼端。

「空間扭轉就算了，最後是連到西邊的哪裡啊？」

「我想……應該是我們剛要進結界那時所在的砧公園吧。」

刃更回答萬理亞說。

「刃更哥，你是怎麼知道的？」

「因為『土』生『金』。那裡除公園外還有棒球場，有大量的土，最適合讓屬『金』的白虎顯化。當然，單純只考慮『土』的話是還有其他選擇。」

可是——

「『五行』是可以套用在世間萬物的思想，『四神』也包含在內……但『四神』總歸是守護東西南北方的聖獸，要讓他們發揮最大力量，還是得以方位為優先。」

恐怕——

「斯波應該就在最容易接受『四神』力量的中心點。關於東京的中心點有幾種說法，最具代表性的是千代田區、中央區和港區，他應該是以這三區為中心劃分東西南北。因為按照江戶的四神相應所建的江戶城——皇居也在那裡。」

不過——

「在從前江戶的四神相應中，對應於隅田川的青龍現在被定在江戶川，這應該是為了提昇『五行』的效力。因為江戶川與日本流域面積最大的利根川相連，『水』的力量更甚於隅田川。」

此外——

「所以用同樣的方式思考，結界西緣有大量可以生『金』的土，同時有向西延伸的大道，有助於聖獸白虎顯化的地方就是——」

「我們最先降落的砧公園……」

「沒錯。公園南邊有通往西日本的物流幹道東名高速公路，對向是首都高三號線……和斯波所設定的中心點相連。」

澪表示理解後，刃更給所有人忠告似的說：

「但那也只是機率比較高而已，不要直接認定是砧公園。不然到時候出現在不同地方卻一時反應不過來就不好了。」

澪等人也確切地點頭答覆。

這時，他們已來到即將過完橋的位置——而領先的刃更和隨後的澪等人沒有一個人放慢速度。

「——衝過去嘍！」

當橋頭近在眼前時，刃更向後方如此大喊。

緊接著穿過東方與中央的交界時——視野瞬時被白色填滿。

7

踏進西方區域那一刻，展開在眾人眼前的景象——

……果然是砧公園。

第1章
眼中凝望之物

東城刃更為自己預測到一部分放了一半心。一行人的出現位置，是砧公園棒球場的外野區。

同時——他們也立刻看見了由「聖喬治」所變成的「白虎複製品」。

因為酷似刃更手上「白虎」本尊的神氣就在附近。投手丘上，刺了一把外型一模一樣的白色靈槍。

「……奇怪。」

刺在投手丘上的「白虎複製品」釋放著神氣，也確實布展著結界。

這表示它無疑能偵測到這空間內的刃更等人——況且還離得這麼近。然而它卻沒顯化為聖獸白虎，像先前青龍那樣發動攻擊。

「——刃更，怎麼了？」

澪低聲問道。沒有放鬆戒心，是由於顯化的白虎隨時可能襲來。不過——

「…………」

刃更一時無法回答，只用表示思索的沉默加以回應。

原先計畫是以手上的「白虎」本尊與複製品相對，使「聖喬治」復原並解除結界——但現在不能這麼做。

因為結界若是就這麼解除，「四神」將會因為方位反轉而失控。

當然——「白虎複製品」只要恢復成原來的「聖喬治」之後就不會失控了。
可是其餘的「青龍」、「朱雀」和「玄武」所在的三個方位的市區肯定會遭到毀滅。
而且留在東側的柚希此時仍在與青龍戰鬥。
那麼……
讓「聖喬治」繼續維持「白虎複製品」的狀態說不定比較好。聖獸之所以沒有顯化，也可能是複製品所導致的問題。
況且……
將「白虎」本尊帶到中央，或許能破壞「五行」的平衡，阻礙斯波想要的「相生」。
「好……這裡先不管，快往下一區移動。」
因此刃更等人打算迂迴地往中央前進，保持距離以免刺激「白虎複製品」。這時——
『——沒那麼容易。』
突然有人說出這句話制止他們。
眾人隨即往聲音的來源望去，只見刺在投手丘上的「白虎複製品」旁站了一個魔族青年。那是曾任雷歐哈特副手，如今協助斯波脫逃，和他一起從「儀式堂」奪走「四神」的高階魔族——巴爾弗雷亞。

『————！』

見到他現身之後，所有人立刻擺出備戰姿勢。精於近戰的刃更和萬理亞在前，擅用魔法的澪、胡桃和潔絲特在後。

「他叫巴爾弗雷亞是吧……是來拖延我們的嗎？」

「不，並不是我過來……而是你們跑來我在的地方。」

巴爾弗雷亞回答澪說道：

「如各位所知，這把『白虎』是複製品，需要調整……而那就是我的工作。畢竟再怎麼樣，也不能讓斯波閣下離開崗位。」

他一邊這麼說，一邊臉上帶著淡淡的笑容。

「果然……斯波是要利用『四神』進行『相生』嗎。」

「你們也發現啦？那事情就好辦了。請你們把真正的『白虎』留下來吧。」

「你也未免太有自信了吧……」

聽了巴爾弗雷亞的話，萬理亞不禁反駁道。

「你以為憑你一個打得贏我們嗎？」

巴爾弗雷亞十分強大，這點自然是毋庸置疑，可是——刃更這邊可是有五個人。由於他在兩派決鬥中失蹤，刃更幾個沒實際見過他的能力，不過離開「村落」前也曾從瀧川那邊得到一些情報。

當然，瀧川不會知道巴爾弗雷亞所有招式，但是在主從契約幫助下，刃更幾個的力量也已經比那場決鬥時更為強大。

只要不因人數優勢而輕敵，絕不可能敗在他手上。然而——

「我沒有說我要憑一己之力打贏你們呀……」

巴爾弗雷亞卻聳聳肩說：

「只是——我有辦法從你們手上搶走『白虎』。」

隨後，他做出一個動作。

帶著笑容——拔出刺在投手丘上的「白虎複製品」。

8

「什麼——？」

對方在冷不防的時機下所做出的意外行為，足以凍結刃更眾人的反應。但巴爾弗雷亞造成的事態絲毫不等受到雙重驚愕的他們，逕自開始推進。
空間在震動中逐漸扭曲，刃更等人的背後——結界西緣景象迸出裂縫，帶著聲響片片剝落。
接著——剝落的景象後，顯露出他們原先所在的東側江戶川。
看來這結界果真是以逆轉方位的方式構成，但這事實如今已經不重要了。
……可惡！竟然這麼早就用這招！
這個結界利用「四神」所劃分的五行空間，等同於斯波和巴爾弗雷亞的生命線。儘管他們可能以解開結界，誘發配置逆轉的「四神」發狂作要脅來自保，不過刃更認為那是當斯波走投無路——也就是到終局時才會使出的手段，沒想到對方這麼早就會拿出來，而且使用的人還是巴爾弗雷亞。
巴爾弗雷亞愉悅地望著刃更等人失算之後的驚慌神情，說道：
「如你們所見，結界內的五行已經開始失衡。恐怕不消二、三十秒，這個結界就要完全垮了吧。」
這也就表示屆時「四神」將會發狂，毀滅東京。而巴爾弗雷亞右手還一個彈指，使飄在空中的「白虎複製品」消失不見，冷笑道：
「這麼一來——你們就只剩一個方法能阻止結界崩潰了。」

「——刃更！」

身旁的澪悲痛地呼喊。

「可……惡啊啊啊啊啊啊啊！」

狀況不容遲疑。刃更子彈般猛竄向前，瞬時逼近巴爾弗雷亞。

「喔喔喔喔喔喔喔喔喔喔喔喔喔喔喔喔喔喔喔喔喔！」

他雙手緊握靈槍「白虎」，橫向一掃。

——然而卻毫無感覺。巴爾弗雷亞憑空消失的速度比刃更的攻擊更快，「白虎」的鋼刃最後只有劃開虛空而已。

被他溜了——但這也早在刃更預料之內。

於是刃更立刻進行下個行動，將自己的「白虎」本尊插上原本「聖喬治」變成的「白虎複製品」所刺的投手丘上。

這是用以維持空間的苦肉計，也是巴爾弗雷亞所說，刃更幾個唯一能阻止結界崩潰的方法——而他也義無反顧地執行了。

「！——」

同時，東城刃更倉促地向後跳開。之所以就此放開「白虎」，是因為逼不得已。

——「白虎」在「四大元素」中是劃分在「風」屬性。

可是其他「四神」已被斯波替換為「五行」屬性。

斯波剛從「村落」脫逃時，已有將「聖喬治」轉化為「白虎複製品」的調整力——那麼在這結界內經過「相生」增幅後，將會發生什麼事呢。能將構築這結界的「四神」視為單一整體來同化的力量，足以強行改變曾經拒絕斯波而選擇高志的「白虎」——最後，刺於投手丘的白色靈槍屬性瞬時遭到強行扭轉，變成「五行」中的「金」屬性。

而守護西方的白色聖獸顯化，是必然的結果。

——出現在眼前的，已不是原先協助刃更等人的幫手。體型與外貌皆與過去不同的白虎，如今已經完全遭到斯波的掌控。

【————】

牠猛一縮身，接著一口氣從那白色巨軀向刃更等人射出無數鐵槍。面對大群鋒銳尖端刺穿虛空而來的鐵槍陣，刃更立刻召出布倫希爾德，雙手緊握劍柄，準備以不完全的「無次元的執行」轟散它們。

——不過，有個東西搶先一步保護了刃更。

那是從地面噴發的紅燄之牆。其超高溫火焰的威力，更勝在魔界與現任魔王派決鬥中蒸發高階英靈那時，白虎射出的無數鐵槍瞬時盡數汽化。

「……交給我吧，刃更。不管是對手是複製品還是本尊，既然成為敵人，那麼這頭老虎就交給我來對付。」

說完——澪躍然挺身而出，站到刃更身前。若白虎掌控的是「金」屬性，那麼擅長火系魔法的澪的確最適合作牠的對手。所以——

「……交給妳了，千萬要小心喔。」

還得趕路的刃更就此將白虎託付給澪，邁步離去。

「——你覺得我會讓你說走就走嗎？」

但下一刻——空中傳來帶笑的聲音。

9

就在刃更橫掃的「白虎」擊中目標前一瞬——巴爾弗雷亞消失了。

——不過他並非逃跑，也沒有離開現場。

只是以其使役體的能力，解除了實體。

巴爾弗雷亞是藉儀式或契約喚出使役體，並運用其力量的契約魔法師，而澪則是轉換自身魔力施展元素魔法的高階魔法士。兩者雖同樣是能力甚高的魔法師，但分屬不同系統。契約魔法師也與柚希那樣獲得靈刀「咲耶」認同為使用者而發揮其力量，或是胡桃那樣透過心靈交流借助精靈之力不同，是與對象締結完全支配關係，也就是一種主從契約，藉此強制使用契約對象的力量。

因此——解除實體的能力，其實是來自與巴爾弗雷亞結下契約的高階惡魔瑞斯（Wraith）。他不只利用這個力量，以雷歐哈特的副手身分進行多項諜報工作，並且在穩健派與現任魔王派決鬥途中神不知鬼不覺地消失，就此離開魔界。其能力之高是有目共睹，當樞機院那些人將場中所有人設定為魔神凱歐斯的活祭品時，也唯獨巴爾弗雷亞能躲過凱歐斯的耳目。

然而這能力並沒有方便到可以在實體解除的同時進行攻擊。所以他在空中現身，準備轟下範圍魔法一網打盡。但是——

「————」

俯視刃更等人的巴爾弗雷亞，發現不對勁而瞇起眼睛。

留下澪向前進的有刃更、胡桃和潔絲特……少了一個。

而背後也在忽然出現公布答案似的氣息。

「——你的對手是我。」

轟！——沉重的衝擊聲與這句話同時響起。

來自探到巴爾弗雷亞背後的夢魔……失去蹤影的萬理亞所擊出的右旋踢。不過——

「是啊——我想也是。」

巴爾弗雷亞這麼說著向後轉身，對萬理亞從容一笑。

因為在萬理亞踢中背部之前，他已布下護壁成功抵擋這一擊。偷襲失敗使萬理亞為之咂嘴，並重整架式回到地面。

「這有什麼好不甘心的……我們當然也很清楚，你們會對我們的計畫做出某種程度的推測，並想出處理『五行』的辦法。」

沒錯——所以巴爾弗雷亞早已料到自己的對手會是萬理亞。

——斯波這邊有巴爾弗雷亞和「四神」，而刃更的隊伍也是六個人。

而刃更等人會按照採「五行」方式配置的「四神」挑選具「相剋」優勢的人，以打倒顯化的聖獸。

於是——在雙方陣營中沒有特定拿手屬性的兩人自然是免不了戰上一場。

「因此……」巴爾弗雷亞說道：「知道這點之後，可以想見你們最後是剩下東城刃更和妳，對上我和斯波……也就是我的對手除了妳以外別無他人。除非你們除了東城刃更以外還有別人能和斯波閣下對抗。」

萬理亞在巴爾弗雷亞剛現身時對他說出帶挑釁意味的話，也是因為認定他是自己對手的關係。

「——這樣啊，全都被你料到了嘛。」

萬理亞這麼說道——然而就在下一瞬間，彷彿看透刃更等人想法的巴爾弗雷亞注意到萬理亞臉上浮現的表情。

是微笑。

10

對於自己的想法被巴爾弗雷亞料中，成瀨萬理亞的感覺是——作戰成功。

……這麼一來。

就能把他和斯波給拆開了。對我方而言，最需要避免的狀況之一就是——斯波和他合力作戰。

正如巴爾弗雷亞所言，若分配四人來打倒顯化的「四神」，最後將會剩下刃更和萬理亞。兩人都是前衛，合作上沒有問題。

然而考慮到斯波和巴爾弗雷亞的能力，可以想見萬理亞和刃更的組合將會是壓倒性地不利。

畢竟……

聽瀧川說，巴爾弗雷亞擁有解除實體的能力。他不僅擅長潛入敵營竊取情報，甚至在戰場上都可以完全消除氣息。

而他也已經在勇者一族的「村落」這種最容易被敵人發現的地方，完全隱藏自己的真實身分——並在奪得「四神」後帶著斯波輕易離去。

而且……

斯波那如今依然是一團謎的能力可以無視防禦，一擊就對高志造成無法繼續戰鬥的致命傷。倘若讓他們兩人聯手，讓斯波完全無聲無息地使出那樣的能力，我方勝算肯定會變得非常微薄。因此讓巴爾弗雷亞為調整「白虎複製品」而留在西側地區，對他們來說反而有利。

恐怕……

他之所以繼續留在這裡，和先前一樣是為了調整——「白虎」剛從「四大元素」改為「五行」系統，需要與其他「四神」取得平衡。刃更這邊交出了「白虎」本尊——結果便是澪被迫在稍遠處與顯化的白虎戰鬥。至今不斷有劇烈爆炸聲與撞擊聲傳來，在在說明了戰況的凶險。真正的白虎使得結界重新構築，這空間「五行」的精度將隨時間增加，也讓斯波得以進行更強的「相生」與「相剋」。可是——即使給他這兩項優勢，拆開巴爾弗雷亞和斯波仍有重要意義。

因為能力足以一擊必殺的不只是斯波——刃更也是。

「很可惜……你應該很想盡可能拖延刃更哥吧。」

於是萬理亞的眼光從空中的巴爾弗雷亞身上移到自己側邊——她望著刃更等人的去向說道：

「我們推測你們的目標，然後決定戰略……當然也想過你們會猜到我們怎麼做。所以你知道自己的對手是誰，剛才意識才會立刻從刃更哥轉到我身上。」

「……原來如此。所以先前我現身時，妳才會那樣出言挑釁。」

「沒錯……好讓你的注意力能更加放在我身上。」

儘管偷襲以失敗收場，萬理亞也不放在心上。因為她正與巴爾弗雷亞對峙——讓刃更等人得以前進。

「真有一套……我還以為妳會更加頭腦簡單四肢發達呢，原來腦筋還滿靈光的嘛。但是——」

就在巴爾弗雷亞冷笑那一刻——

「——？」

地面有無數灰色魔法陣圍繞著她同時展開，萬理亞立刻屏息戒備。

——緊接著，萬理亞無可避免地明白到那是召喚魔法的陣式。

因為有某種體型怪異的魔物從魔法陣長出來般現身了。

「這是……？」

那是一種從未見過的魔物。具有四肢的肉體，全都是由爛泥般不安定的濃稠液體構成，頭部的巨大獨眼閃爍著詭異的光芒。

從氣場來看，他們每一個都有驚人的戰力。

然而——問題在於數量。事情早已不是十幾二十個那麼簡單，魔物成群結隊地從布於地面的魔法陣蜂湧而出——

……一百……兩百……不，不只……

「由人界力量構成的『五行』空間裡，怎麼能容納這麼多魔物……」

眼前這有如無限增殖的狀況，使萬理亞表情苦澀，咬牙切齒地這麼說道。

「道理很簡單，因為他們不是魔物。或許是因為他們的外觀和個體力量讓妳有所誤會了，不過他們統稱為『雷基翁（Legion）』——是和我定下契約的魔神。」

「魔神？……難道……！」

成瀨萬理亞也知道魔神的存在。在魔界與現任魔王派決鬥當中，樞機院召喚出象徵混沌的古代魔神「凱歐斯」，其摧枯拉朽般肆虐的模樣，如今仍然記憶猶新。

「魔神是高階次元的生物，近似能自由顯現於低階世界的意識體，會隨他所來到的世界獲得相應肉體。『凱歐斯』需要眾多祭品才能發揮他強大的力量，不過我和『雷基翁』訂的是完全支配契約，可以無條件召喚。所以——」

巴爾弗雷亞說道：

「雖然妳剛才口氣不小……但妳真的以為，光憑妳一個人，有可能打得贏我嗎？」

「…………………」

被對方拿自己的話嘲諷，使成瀨萬理亞沉默不語。

對方是操縱魔神的高階魔族。「凱歐斯」那時，刃更和澪是借助敵方的雷歐哈特甚至拉姆薩斯的力量才好不容易將之擊退。但縱然四人合力也無法完全打倒，只能將他打進次元夾縫方能脫離險境。

魔神就是如此強大。

……可是。

刃更已前去討伐斯波——為了守護絕不可退讓的寶貴事物。

萬理亞等人都知道，那其中也包含自己在內。

至今為止，刃更都是如此一直保護著她們。

因此，現在正是關鍵時刻——在這一戰，她們必須成為他的助力不可。

澪和柚希已與顯化的「四神」交戰，胡桃和潔絲特也很快就會踏上各自的戰場，那麼自己也必須全力奮戰才行。

因為成瀨萬理亞的戰場就在這裡。

「──我並沒有自大到認為一定打得贏。」

萬理亞也以類似巴爾弗雷亞先前的答覆回話。

她懷著絕不退讓的決心，不閃不躲地直視前方。

「我只是不能輸而已……所以我會贏。」

話聲一斷──成瀨萬理亞毫不遲疑地向「雷基翁」大軍奔去。

11

刃更等人如疾風般飛馳，穿過砧公園來到大道上。

那是自公園南側向西北──都心方向延伸的首都高速公路三號線。

這條與駛離都心，向西延伸的東名高速公路，多半就是斯波以山川道澤法則使白虎顯化時設定的大道。

於是刃更持續警戒四周，在胡桃與潔絲特兩人的陪伴下專注於趕路上。假如這條路遭戰鬥破壞，送往白虎的力量就會斷絕——這應該會是斯波想避免的事。

「……………」

如此分析狀況之餘，東城刃更領著有如雙翼般般跟在左右後方的胡桃和潔絲特，默默奔過深夜的高速公路。連他都感覺得到自己如今臉上的表情十分僵硬，這都是因為遠處傳來的戰鬥聲所導致。

「——放輕鬆點吧，刃更哥哥。」

以相同速度緊跟在左後方的胡桃看出他的擔憂而試圖加以安撫。

「澪她們……和姊姊一定沒問題的。」

「嗯……」

刃更心中想著在戰場的三人點點頭。

「刃更主人——我們不能自己破壞這條路嗎？」

這次則是另一邊，位在右後方的潔絲特問話。

「從您之前說的山川道澤觀點來看，破壞這條路或許能切斷供給白虎的力量，對澪大人不是很有幫助嗎？」

「是啊……很有可能會有幫助。」

聽了潔絲特的提議，刃更也認同其效用。

——在砧公園戰鬥的不是只有澪與白虎，還有萬理亞和巴爾弗雷亞。

假如澪或萬理亞有一方戰敗，另一人勢必會落入以一對二的劣勢；相反地，只要任何一方戰勝，就能取得二對一的優勢。而破壞這條首都高速公路削弱白虎力量，將會提高澪和萬理亞兩人的勝算，對她們來說是一大助力。

「可是……我想別那樣做可能比較好。『四神』是守護各自方位的聖獸，一旦我們攻擊這個地區，難保白虎不會把我們定為需要優先排除的障礙而追過來，那麼澪為了讓我們先走而作的努力就白費了。」

況且——

「要打敗顯化成聖獸的『四神』，我想她們都沒問題……因為斯波要利用『五行』的力量，神器『四神』是不可或缺，可是東京這個城市就有替代品了。因為用上『五行』或風水概念建設的城市不是只有這裡而已。」

因此——

「假如破壞山川道澤，東京對斯波就失去利用價值……到時斯波將會直接解除結界，使方位對調的『四神』發狂，破壞東京吧。只要有了這個在城市中發生大規模破壞的前例，之後在其它地方構築結界的時候就能嚇阻我們任意出手了。」

所以——

「我們需要在這個城市對他仍有利用價值的狀況下打倒他……為此——」

「需要保留足以讓他有效達成目的的地點，對吧？」

「對。」刃更點頭回答胡桃。

「……我知道了，也就是我們也只能專心趕路就是了。」

潔絲特頷首表示理解——有了共識後，刃更等人奔馳的速度更加提昇。

沒多久，就從首都高速公路三號線轉進環狀線，表示西方與中央的空間跳躍交界就快到了。

他們下一個區域——與這西方區域相連的是屬「火」的南方。

對應的「四神」是「朱雀」。當刃更回顧這些事項時——

「……刃更哥哥，你覺得等一下會在哪裡出來？」

負責對付顯化朱雀的胡桃問道：

「到目前為止，前兩個『四神』都和牠們對應的山川道澤有『相生』關係對吧。」

例如東方的青龍屬「木」，對應山川道澤的「川」……也就是屬「水」，和「木」是相生關係；而西方的白虎屬「金」，對應「道」……也就是屬「土」，與「金」同樣是相生關係。不過——

「南方的朱雀要對應山川道澤，就表示眼前有『澤』……從中央地區的位置來看，設定為『澤』的應該是東京灣不會錯。」

江戶時代所認定的「澤」應該也是那裡。

「東京灣屬『水』，和朱雀的『火』屬性相剋……那麼力量將會比東西方的青龍和白虎弱，破壞四方平衡。」

「這麼說來，我要對上的『玄武』也有同樣問題。掌管北方的『玄武』屬『水』……可是對應的山川道澤卻是『山』。土能掩水，和『玄武』相剋。」

「對——但正因為如此，所以更不能大意。」

刃更望著前方說道：

「這個結界是在東西南北力量均衡的狀態下展開的，也就是說，斯波解決了『朱雀』和『玄武』在山川道澤的相剋問題。」

「也就是說……其中有些機關對吧。」

「沒錯——胡桃，可以拜託妳嗎？」

胡桃早已有所戒備似的對刃更說聲「沒問題」之後……霎時間，三人升上天空。

讓胡桃發動飛行魔法，是以備跨過空間交界時直接落在東京灣——尤其是海面上時的準備。同時他們沒有升得太高，也是為了避免突然在空中遭遇朱雀。

第1章
眼中凝望之物

「為安全起見，我再用風魔法護壁包住我們。不然要是一過去就是東京灣海裡就麻煩了——走嘍！」

胡桃這麼說之後，三人視野瞬時染白。

那是穿越空間時引起的白視現象。

——在滿眼的炫目光芒中，東城刃更確切地感到自己正在被轉移當中。

視覺仍未恢復——然而海潮的味道告訴了他轉移已經結束。

同時也表示他們的推測沒錯，地點就是東京灣。

不過當視覺恢復後，三人發現自己並不是飄浮在東京灣上空。

而是地面。且周圍有無數與朱雀「火」屬性相生的「木」——也就是樹木。待胡桃解除飛行魔法，三人降落地面後，刃更環視四周並呢喃：

「果然是臨海公園……」

這樣就能以「相生」喚出「火」屬性的朱雀——不過刃更也料到了這部分。只是附近有海——大量的「水」屬性的事實依然不變。

「——刃更主人。」

「我知道……」

刃更隨潔絲特的呼喚點點頭仰望天空。

──視線彼端，有個照亮夜空的物體。

那是身纏滔滔烈火的赤紅巨鳥──朱雀。

斯波果然克服了「朱雀」的相剋問題。

他究竟是怎麼辦到的呢？在刃更懷起這疑問的同時──

「我懂了……原來是這麼回事。」

胡桃低語著表示理解，鑲於操靈術手甲的元素散發光芒。

「精靈告訴我……這座公園叫『千鳥公園』。」

那是位於東京灣川崎方面海域人工島上的公園。

「原來如此……名稱能表現形象，與實體的顯化有直接關聯。他是藉由名稱與朱雀有關的地點來降低相剋的影響吧。」

「不，不只是那樣……」

刃更沉著臉對潔絲特說：

「這裡還有另一個對朱雀有益的東西。」

接著視線向橫移去。

所注視的，是他們所在的公園西側──位在遠方的巨大設施。

「那是──」

「——川崎火力發電廠。」

刃更回答望著同一處的潔絲特，並心想——

那是利用火焰高溫發電，以東京灣海水為冷卻廢熱的火力發電廠——那麼斯波就是利用那個設施的存在，讓朱雀的「火」屬性強過東京灣的「水」而使其顯現的吧。這當中——

【————】

不振翅也懸於夜空的朱雀並沒有發出攻擊，只是俯視著他們。那或許是出於聖獸的守護特性，不過——

……多半是因為在這裡戰鬥恐怕會破壞火力發電廠的緣故吧。

發電廠是朱雀顯化的力量來源。為了守護南方，斯波可能給牠下了避免破壞發電廠的指令。

——話說回來，刃更等人其實也不希望發電廠受到破壞。

與先前的首都高速公路三號線同理，倘若削弱使朱雀顯現的地勢之力，斯波可能會以破壞的方式放棄喪失利用價值的東京。

可是無論如何，都一樣得打倒朱雀。於是——

「——刃更哥哥，潔絲特……你們走吧。」

比誰都更明白這件事的胡桃，輕聲這麼說之後向前邁進。

胡桃向前邁進，腳步不停地往朱雀的方向走去。

「胡桃小姐……」

聽到潔絲特對她背影的呼喚，胡桃稍微回過頭來，見到刃更和潔絲特都注視著她——便微笑著說道：

「牠雖然顯化了，不過離東京灣很近的事實還是沒變。」

並再度仰望如太陽般浮於黑夜的赤紅巨鳥。

「那麼，我還是有著地利優勢——至少比姊姊和澪有把握得多。」

所以——

「你們快走吧……都留在這裡，是打不倒那個人的。」

「……我知道了，不要太亂來喔。」

受到胡桃的催促，刃更以肯定表示信賴。於是——

「嗯……交給我吧。」

胡桃目不斜視直盯著朱雀這麼說，同時背後響起蹬地疾奔聲，刃更與潔絲特的氣息隨之遠去。

再也不多看一眼，以祝福送兩人離去後，胡桃施展了飛行魔法。

她飛上夜空，直到與朱雀視線同高才停止。

「既然你也是靈獸，應該聽得懂我想說什麼吧？」

並透過操靈術手甲——鑲於槽孔的火元素珠，與眼前的朱雀對話。

「我們在空中打吧……要是破壞這附近，對我們都沒好處。」

而且——

「這樣子，我們打起來也比較放得開吧。」

12

將朱雀交給胡桃後，刃更與潔絲特沿灣岸線北上。

——前往結界內設定為中央之一的港區。

跨過交界時發生第三次轉移，刃更與潔絲特被送到下一個地區。

他們所抵達的位置，是屬「水」的玄武所鎮守的北方區域。

「這裡是——」

眼前有環繞開闊空地的圍牆，遠處光線微弱，只看得見有如山一般巨大的建築物。

「——這裡應該是北區的某個地方。」

東城刃更不敢掉以輕心地掃視周圍，並對皺眉遠眺的潔絲特這麼說。

——山川道澤，是為城市帶來四神相應之佑的重點條件。

其中南北兩側在山川道澤中的五行屬性，與對應方位的「四神」五行屬性有「相剋」問題。

可是斯波卻克服了這一點——在具有強調朱雀為鳥的「千鳥公園」，及鄰側助長「火」屬性的川崎火力發電廠的土地上設置神器，解決了屬「火」的朱雀守護南方之「澤」——屬「水」的東京灣所造成的「相剋」問題。而屬「水」的玄武所掌管的北方區域，是山川道澤中的「山」——在五行中就是能掩塞「水」路，與其相剋的「土」屬性，和南方區域一樣需要做些調整來克服障礙。因此……

……應該是北區沒錯……

刃更對自己的推測抱有一定把握。在東京二十三區中，只有「北區」純粹以方位命名，應是最適合北方守護聖獸玄武顯化的地點。

「原來如此……是利用地名來解決山川道澤對玄武的相剋問題吧。」

刃更對表示理解的潔絲特點點頭說：

第1章
眼中凝望之物

「大概吧，可是八成不只是這樣……如果要用地名來解決相剋，應該會選擇北區裡最能給玄武力量的位置。」

因此這個地點恐怕也有特殊含意。

「以利用土地力量來說，會是北區最北端嗎？」

「也有可能……」

就在刃更答覆潔絲特的下一刻——

『——！』

兩人同時屏息，採取備戰架式。

突如其來的緊張——來自他們眼前的巨大建築黑暗剪影開始緩慢移動。隨後是一聲重低音的沉響，地面忽而一震。

那並不是建築物。至於會是什麼，當然是想也不用想。

「玄武……」

面對浮現於黑暗之中，呈顯化狀態，掌管北方的巨大聖獸，刃更喃喃說出牠的名字。

「——刃更主人，請看那邊。」

這時，身旁的潔絲特以視線指示某樣東西。

位在圍牆中斷之處——似乎是眼前建築的正門。

其右側，一面掛於磚牆的黑色牌匾標示著這設施的名稱。
那串由上至下的文字是——十條駐屯地。
「原來是這樣……」
自衛隊是為保衛國家而成立的組織——也是全日本與四神的守護概念有所重疊的組織中最強的一個。再加上十條台是台地，與山川道澤中對應北方的「山」相符。這結界張設於東京，地理位置屬於南關東，在方位上本就有負面影響。所以斯波是認為與其拘泥於結界最北端，不如著重於其「守護」特性吧。
刃更坦率承認——從前段時間開始，斯波就接連表現出他對結界下了超乎想像的意義及內容。而截至目前，自己仍猜不透他的心思。
可是……
如今他藉由「四神」力量張設五行平衡的結界仍是不爭的事實。而南方地區，山川道澤的相剋對朱雀顯化毫無造成影響，那麼聖獸玄武已顯化在北方區域也是理所當然，刃更和潔絲特如今也都明白那是如何達成。
多餘的驚訝或慌張都是愚蠢至極的表現。這裡是斯波先發制人所佈置的戰場——處於被動也是自然的事。要是先入為主地認定斯波占有優勢，然後因為過分警戒而使思想遭到誘導，反而是中了對方下懷，很容易重蹈「四神」遭奪時的覆轍。

「刃更主人——這裡就按照計畫，交給我吧。」

潔絲特似乎也了解這一點，所以她注視著玄武，要刃更先走。但刃更卻沉默不語，不像之前那樣以明確言詞回答。

「…………刃更主人？」

潔絲特不解地問。

「對方是玄武……或許我先陪妳戰鬥到中途為止會比較好。」

「……您是覺得我和比不上其他人，不足以作四神的對手嗎？」

刃更說出自己的想法，使潔絲特一臉徬徨地望著他。

「不是的……潔絲特，我不是懷疑妳的能力。」

刃更搖頭說道：

「只是——玄武在『四神』裡比較特別。」

因為——

「牠和其他的四神不同，身是龜、尾是蛇，由兩頭靈獸所組成，所以也有人說他是『四神』中最強的一個。」

而且——

「這裡是斯波用『四神』這些神器所製造出來的結界，在這種空間下，妳這樣的魔族較難發揮力量，和其他人相比負擔較大。」

所以——

「前半的龜或後半的蛇……我想至少要打倒一個再走。」

「原來是這麼回事……您是在擔心我的安危吧。」

聽了刃更的解釋，潔絲特一掃陰霾，微笑起來。

「可是——既然如此，那還請刃更主人不要擔心。扶持主人、協助主人滿足需求，是我們侍女的職責所在。」

再怎麼說——

「我都是您……刃更主人的侍女，無論如何都絕對不願意拖遲您的手腳。只要您以主人身分信任我、向我下令，我這侍女必定不會辜負您的期待。」

況且——

「刃更主人幫我那麼多，結果就等同於我扯了您的後腿。假如您的預測全都是事實，最危險的——終究還是那個叫斯波的男人。」

東城刃更也知道潔絲特為何如此為他設想。

——從前，德川家康利用四神相應建設了江戶這個城市。

因而造就長達逾兩百五十年的統一時代，至今這裡也依然扮演國家中樞的角色而日益繁

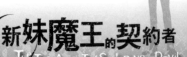

華。

……再者。

斯波所設定的四神相應規模遠超乎德川家康——甚至藉五行相生之理使「四神」顯化。原本就擁有強大力量的斯波，如今正欲以支配「四神」成為所有力量的主宰。

那將會使斯波達到天界——神的領域吧，無論如何都必須阻止這種事發生不可。不過斯波的力量是那麼強大，即使刃更的力量提昇了很多，憑一己之力能否戰勝仍是未知數——潔絲特直視有此擔憂的刃更雙眼說：

「刃更主人……我和澪大人、萬理亞、胡桃小姐、柚希小姐都一樣，無論發生什麼事情都相信著您。」

潔絲特吸口氣後，繼續說道：

「您一定能打倒那個人——斯波恭一，阻止他的野心。」

「潔絲特……」

潔絲特帶著微笑，對不禁呢喃她名字的刃更說：

「所以，能請刃更主人相信我——相信我們所有人嗎？」

對於她的問題，刃更一時答不出口。

不過——最後依然不負她的心意，確實地點了頭。

「我知道了……潔絲特，我以主人身分命令妳。」

東城刃更輕聲說道：

「玄武就交給妳負責了——一定要贏。」

聞言，潔絲特懷抱著侍女至高的喜悅，以滿面笑容回答：「遵命。」並以右手右膝觸地的方式單跪下來。下個瞬間，一面巨大魔法陣向四面八方擴展開來——緊接著，潔絲特腳下的地面生出一具體型不亞於玄武的魔像。

若將龜蛇合一的玄武視為兩個敵人，那麼數量上就是二對二了。

「——刃更主人，祝您武運昌隆。」

說完，潔絲特鼓翼衝上空中落在魔像肩上，凝視盤踞在自衛隊駐地的巨大玄武，喊道：

「主人有令，要我擊敗你——得罪了！」

隨後魔像踏響大地，往掌管北方的黑色聖獸猛衝。

另一方面——刃更不再注視潔絲特的戰況，起腳就走。

因為他決定以主人身分相信自己的侍女。

『——————』

即使背後傳來劇烈撞擊聲，東城刃更的腳步也沒有絲毫停頓。

只是望著前方全心一意地跑。

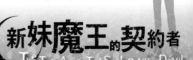

邁向下個目標——自己的戰場。

13

刃更從北方區域向南奔跑。

用力踏實每一腳，蹬在地面都像是在向前推送軀體似的，使自己宛如疾風般全力飛馳。

轉眼之間，北方區域大半已在身後，最後在穿過外濠環狀線時——

「——————」

一股白光包覆了他。那是空間轉移時產生的發光現象，表示刃更終於進入最後一區——中央區域。

「…………………」

當白光退去，東城刃更發現自己站在光輝燦爛的高塔前。

那是在夜間打上紅白彩光的電波塔。

這個城市的象徵——東京鐵塔。

「選這裡啊……」

東京中心地區，有好幾個地點適合設為中央。
最具代表性的，就屬皇居或國會議事堂。
然而皇居即是當年大將軍德川家康以四神相應之理建城時的中心點——江戶城原址。如今那是日本全國代表性人物的住所，與東京這城市沒有實際連結。同理，國會議事堂是政治以及全日本的中樞，並非只是東京的中樞。
刃更也想過東京車站的可能，不過那裡比較接近大門而非中心。人潮是從那裡往四面八方不停流動，不適合作為匯聚「五行」力量的中心點。
……可是這裡就不同了。
東京鐵塔不僅被人們視為都心，也有很多人聚集於此。
而且它身為電波塔這種訊號增幅裝置，也可說是和「五行」相生有相同概念。
即使東京還有另一座電波塔——晴空塔，但它位在東側，不適合作為結界中心，聚集在此的人潮也是因為它是日本最高建築而來的。東京鐵塔雖也是全國性的觀光名勝，卻也是深植人心已久的東京象徵，說是現代東京的中心也不為過。
將東京鐵塔設為根據五行與四神相應所建立的結界中心點兼終點——的確是無話可說。
當刃更深感認同時——

第1章 眼中凝望之物

「……嗨，你來啦。」

一道帶著淺笑的聲音響起。刃更往東京鐵塔正下方望去——見到一名青年正佇立在這地點的中心。

「斯波……」

刃更道出那等候著他的人名字後——

「我聽說了……你過去那些事。」

刃更凝視著他，猜想他的心情。

假如——自己有著和斯波一樣的身世的話，現在站在那裡的或許就是自己了。「梵蒂岡」——勇者一族就是對他做了這麼過分的事。

「可是斯波……我還是必須要阻止你的計畫。」

如同斯波有不願讓步的怨念，刃更也有無法退讓的寶貴事物，不能讓他們就此逝去——絕對不能。

「是喔……聽你的口氣，好像知道得不少嘛。」

斯波說道：

「不過長老他們應該不會說出那些事……所以是修哉或薰告訴你的吧？」

說到這裡，斯波加深笑容。
「真是的……居然做了這麼殘酷的事。」
「……確實，『梵蒂岡』特務部的研究對你來說，或許真的是深惡痛絕，不過你也不需要——」
「咦……別傻了刃更，你在說什麼啊？我說的『殘酷』指的並不是『梵蒂岡』的研究或他們創造出我這種人喔。」
聽了刃更的回答，斯波不敢領教地說道：
「我指的是……把我的祕密告訴你的修哉或薰。」
「他們是認為如果我們要阻止你的話，就必須先知道你的過去吧。以免在關鍵時刻才聽你說出來而影響判斷……」
「關於那部分我是沒什麼好批評的啦……我的意思是，他們兩個沒有把我的事告訴一開始最該知情的人。」
沒錯——
「——就是其中一個當事人，迅。」
「這……」
斯波的話使刃更面露苦色。

第1章
眼中凝望之物

薰在說出斯波身世時，也坦承過這一點。

而且……

當得知斯波是迅的複製人時，刃更就了解到那是他們難以對迅啟齒的事。

假如迅知道自己的複製人被用在殘酷的研究上，而斯波這個悲劇之子還被當成交換政治利益的籌碼，那麼他絕對不會放過「梵蒂岡」和「村落」。最壞的狀況，迅說不定還會與勇者一族為敵，造成嚴重衝突。

迅與威爾貝特的關係和刃更出生的祕密，只有當事人和少數相關人士知情，因此勇者一族能與魔族結成休戰協議，有很大一部分是因為絕大多數的人認為迅能有效壓制魔族。要是迅與勇者一族敵對的消息在魔界傳開了，那恐怕就連威爾貝特也壓制不了魔族中好戰勢力。

不難想像，長老是考慮到迅與勇者一族反目的危險，才對當時另一個有望成為次任長老的修哉說出斯波的祕密，並要他千萬不能讓迅知道，而修哉當然也答應了。倘若前次大戰仍未結束——刃更與柚希這個世代的孩子們，現在也應該已經上了戰場。修哉是因為身負重傷而退下大戰第一線的人，肯定不想再送女兒柚希和胡桃，以及其他孩子上戰場賭命，才會在百般無奈下接受長老的要求吧。

可是……

到這裡都還好——刃更即使是等薰說出來才知道，也能體諒他們夫妻的苦處，也曉得那是莫可奈何的事。然而，其中有一個令人想不通的疑問。
難道迅真的會因為修哉或薰不說，就不會發現斯波身上的真相嗎？
「我想老爸他應該……」
「嗯……迅知道我是什麼人。」
說到一半，斯波點頭予以肯定。
「因為——就是我自己親口把『梵蒂岡』那些事告訴他的。」
「你自己說的……？」
那是刃更從未想像，堪稱暴行的真相。
——當然，斯波也知道刃更多麼重視迅。
他可能只是為了撼動刃更心智而捏造那種事。
……不過。
東城刃更心想——斯波說的恐怕是事實。就斯波的個性來看，的確十分有可能刻意對迅說出自己的身世。
「……老爸他相信你說的話嗎？」
「那當然。那個人可不單純只是強大，在各方面也都精明得很。」
所以呢——

「在我說出來之前，他應該就已經猜到七、八成了吧。聽我說完，他應一聲『這樣啊』之後，你知道他說了什麼嗎？」

斯波像是憶起當年，樂不可支地問道。

「他問我有什麼目的耶？我是從迅複製來的這件事，對『梵蒂岡』或『村落』都非常不利，不過對我來說可能是一張王牌。所以他問我為什麼要刻意告訴他，以及我想要什麼。」

真是厲害啊。

「才剛聽說有人大量製造他的複製人作實驗，卻一點也不懷疑也不驚訝，毫不遲疑地就問我那種事。」

斯波嘆道：

「哎呀，真是太棒了……『梵蒂岡』的研究所簡直就是個活地獄，讓我無時無刻不詛咒自己的誕生。後來發現自己的根源是那樣的人，可說是唯一能讓我高興起來的事情。」

可是——

「在那同時，我對他的恨卻也超過了喜悅——因為都是那個人的力量和存在，讓當時特務部阿爾巴流斯那些人深深著迷，才會做出那麼多無視於禁忌的研究。」

「…………」

聽了斯波的話，使刃更對實情有所理解，但還是有難以接受的部分。

——斯波對「梵蒂岡」與「村落」的仇恨，算是名正言順。

但這麼一來——迅要是對「梵蒂岡」擅自製造他的複製人並進行殘虐的研究動怒，也是理所當然，且肯定是非同小可。然而——

「為什麼老爸他……」

沒有和「村落」翻臉，選擇忍氣吞聲呢？

「你在想，迅為什麼沒有採取行動……對嗎？」

在刃更不得其解時，斯波看透其心思似的說。

「那還用想嗎。第一，是因為他明白好友修哉隱瞞的苦衷——或者說用心吧？」

而第二——

「也是真正的重點——刃更，就是你。」

「……我？」

「嗯……感覺上，你是非常敬重迅，可是不太清楚迅對你到底下了多少心思呢。」

你想想看。

「假如迅被情緒沖昏頭，只想為自己洩恨……最後遭殃的會是誰？就是他兒子你啊。而且就算要去『梵蒂岡』踢館，你當時太小不能帶在身邊，留在『村落』也恐怕會變成人質。再者雖然不是找不到人照顧你，但是和『梵蒂岡』或『村落』反戈相向，就等於是公然背叛勇者一族，會被全世界通緝，等於在人界混不下去。」

此外——

「要是滅了『梵蒂岡』或『村落』，當時的魔族鷹派或保守派見到這個機會肯定不會安分。到時候，就算是威爾貝特這樣的穩健派天王也很難抑制整個魔族；而無論迅再怎麼強大，也不可能獨力保護整個世界。」

真是辛苦啊。

「心裡有重視的東西……又需要保護到底，就是這麼回事吧。」

……老爸……

斯波的話，使東城刃更再度感受到——自己始終是活在迅的守護下。

「所以五年前……不，差不多要六年了吧。那個邪精靈造成悲劇之後，迅會二話不說直接離開勇者一族，就是因為之前他早就有過那種念頭。畢竟他要保護的東西，已經不是保留勇者身分可以保護得了的。」

斯波繼續對感慨的刃更說：

「你應該能明白他的心情吧……因為你現在是一有必要就能不惜和勇者一族對立的人了嘛。」

「…………」

「對你和迅來說，不能退讓的事物就是『家人』吧……那麼，你認為勇者一族不能退讓的是什麼呢？」

刃更以沉默表示同意後，斯波拋出問題。

「對於勇者一族最需要保護的究竟是什麼……你到底有沒有足夠認知呢？」

「當然是保護世界——」

「抵擋魔族侵襲嗎？那你實在是誤會大了。」

斯波聽得臉上浮出陰沉的笑。

「勇者一族非保護不可的東西才不是這個世界……而是自己的使命，也就是用自己的作法執行自以為的正義。所以只要是為了阻止魔族侵襲這個世界，他們願意不擇手段；相反地，只要不在自己使命範圍內的事，根本就不管你的死活。」

難道不是嗎？

「世界上到處都是戰爭與紛爭、現代醫療治不好的惡疾、人類抵擋不了的天災。只要勇者一族出面相助，能拯救多少人命和心靈自然是不在話下吧？只有他們有心，要阻止溫室效應或沙漠化等自然環境的惡化也不足掛齒。」

所以——

「假如勇者一族的使命是保護世界……那麼我們的力量早該用在更多方面上了。可是勇者一族卻不願那麼做，往後也不會吧，因為他們的使命沒必要做到那個地步。」

那麼——

「既然他們只想執行那種充滿欺瞞或正義的使命，那我們也就不需要那些冠冕堂皇地自稱勇者的人了……你不覺得嗎，刃更？」

「……我了解你的想法了，也明白你為什麼會那麼說。」

面對斯波的問題，刃更先這麼表示之後說出自己的想法。

「……可是，世界無疑是需要勇者一族。」

一口氣後——

「斯波——你的想法是錯誤的。」

刃更以不由分說的斷定口吻明確宣告他的否定。

「勇者一族無法阻止發生在全世界的悲劇或保護每一個不幸的人……說那種話才是真正的欺瞞。」

這是因為——

「我們身為勇者一族，同時也只是人類——我們的力量很渺小、脆弱，能保護的事物極為有限。因此，會用盡一切力量保護能夠保護的東西……人不就是這樣嗎？」

再說——

「保護這世界的並不是只有勇者一族，威脅這世界的也不是只有魔族。醫師和科學家，警察和軍隊一直都在保衛國家，維護世界的延續。不……不只是那種直接救難的人或組織，就連普通的上班族都要賺錢養家，同時推動經濟支撐社會運作。不需要放在心上，就算毫無自覺也無所謂。即使範圍或效果再小，在這世界上生存的每個人，都會以自己做得到的方式來保護世界。」

簡單說來——

「對勇者一族而言，抑制魔族侵攻就是他們保護世界的方法……就只是這樣而已。或許其中不是完全誠實無欺，也有很多缺失，不過——勇者一族依然保護了這個世界。有的人或許會一時鬼迷心竅，而他們也必須彌補自己的罪。但儘管如此，勇者一族還是為了這個世界賭命奮戰到今天，沒有人能否定這個事實。」

東城刃更吸口氣，說出最後一句。

「斯波——就連你也一樣。」

「受不了……你真是浪漫主義者啊，刃更。」

斯波恭一對直視著他的刃更聳肩苦笑。

「要我來說的話，根本就沒有人在保護這個世界，全都是一個樣地欺瞞、毀滅這個世界，所以就實質上的意義而言，我要做的事情才算是真正拯救這個世界……好吧，我承認我們在這部分沒有交集。」

「沒錯。就我看來，你要做的事才會真正毀滅這個世界。我──我們，絕對不會容許你那麼做。所以──」

刃更喚出布倫希爾德，舉向斯波說道：

「我們要在這裡阻止你。」

於此同時──刃更身影忽然消失。

「這樣啊……那麼──」

見狀，斯波隨性抬起右手，緊接著──

鏗──────！尖銳的金屬撞擊聲突然響起。刃更瞬時逼近並斬出布倫希爾德，遭斯波以右手掌擋下。

當刃更動作因劍勢遭擋而停下，現出身形時，斯波恭一對他開口。

那是雙方無法退讓的意念最後的歸結。

「那我們就打一場來看看，你們和我……誰才能拯救世界吧。」

下個瞬間──左右世界命運的一戰，就在東京中心揭開序幕。

第2章 四神過後

1

在斯波所張設的「五行」結界東方區域。

自告奮勇成為青龍對手的野中柚希——做出了一個判斷後馬上開始行動。

那即是轉換戰場。守護東方的青龍在五行中屬「木」，而青龍是利用充滿「水」氣，能夠生「木」的江戶川顯化，並藉此提昇力量。

——留在這裡，就等於是在能強化青龍的地方戰鬥。

柚希與刃更締結的主從契約，能藉由加深主從間的信賴來提昇戰鬥力。因此回到「村落」時，已有準S級戰力的柚希在刃更與賽莉絲決鬥前夕，又再一次地與他深度情感交流，來到了S級。

可是……

戰鬥才剛開始，野中柚希便分析出對手——顯化青龍的戰力，做出的結論便是：繼續留

第2章
四神過後

在這個位置打沒有勝算。

——非得轉移戰場不可。

由於江戶川所流布的江戶川區直接冠上了河名，若要降低「相生」對屬「木」青龍的幫助，至少要先離開這整個區才行。

然而選擇很有限。結界內的東方區域——即東京東側，到處是能夠提升「木」屬性的「水」氣豐潤的土地。

江戶川區南方，是同樣冠上河名的市川市。與其鄰接的浦安市，從前包含在市川市一角——行德一帶之內，兩者皆圍繞著東京灣，原本就已是「水」氣滿溢的場所。過去這四周還都是鹽田，鹽在「五行」中同樣屬「水」，或許比江戶川區更不利於與青龍戰鬥。

而西鄰的江東區也有「江」字——即名稱與河川有關，且同樣濱海。假如這裡不是結界之內，而是外面的實際空間，倒是可以選擇在江東區交戰——因為江東區東北有龜戶淺間神社在。

那裡與靈峰富士的淺間神社一樣是祭祀木乃花咲耶姬——宿於靈刀「咲耶」的神靈。到那裡去，持有「咲耶」的柚希應該能借得不少力量。

然而……

這裡是結界之中，空間僅只是複製品。即使能重現整座神社，也不可能複製其中祭祀的神靈。到了那裡也只會見到徒具外表的神社，一點意義也沒有。而且「龜戶」這個地方是祭祀水神，充滿「水」氣反而危險。

在四神中，屬「水」的北方守護聖獸玄武即是龜，而「龜戶」有「龜井戶」之意——也就是那一帶是兼具多種「水」要素的土地。

而雖然北鄰的葛飾區名字裡沒有河川要素——

……可是。

那裡不僅有江戶川與荒川流經，北方在五行中也是屬「水」。往北走就會加強「水」氣，青龍的力量同樣會因「相生」而提昇。

——不過，柚希同樣能透過方位的五行屬性提昇力量。

要剋屬「木」的青龍，需要「金」屬性——也就是西方。

因此，柚希要跨過西鄰的江東區，更往西走。

目標是墨田區。儘管那裡只是這個東方地區的西部，但依然多少能減弱「木」屬性的力量，於是柚希選擇這裡迎戰青龍。

——但也不是一味往西就行。

因為「墨」字原為同音字「隅」，來自西端的隅田川。而隅田川從前是德川家康在山川道澤中設定的川——所以倘若太接近兩國邊際，增強的「水」氣又會加強青龍。

第2章
四神過後

於是，柚希選擇在稍前的地區——錦系町迎戰對方。

其中含最多金屬不是別的，就是車站——而柚希來到有繁榮鬧區，蓋了許多摩天大樓的南口，以避開北口錦系公園的大片樹木。

「這裡就行了……！」

柚希站上公車轉運站天橋的轉折平台，仰望東方天空。

【————】

沒有一點星光的黑暗夜空中，青藍長龍向柚希猛衝而來。

——引誘青龍到這裡並不難。

青龍不只是用來維持「五行」結界，同時也是這東方區域的守護者。所以在柚希出手之後便完全將她認定為敵人，一路追了過來。就為了消滅企圖危害自己的敵人——柚希。

面對就要逼到眼前的巨大青龍，柚希從天橋鋪設的柏油地一躍而起。青龍的頭緊接著撞上柚希原來的位置，帶著轟然爆碎聲破壞天橋。

「喝啊啊啊啊啊啊啊啊啊啊啊啊啊！」

躍至青龍上方的柚希飛舞般滑翔之餘以「咲耶」放出無數連斬，每一刀都化作氣刃，暢行無阻地斬裂虛空射向青龍。

不過——擊中青龍前，布在其巨軀上的風之護壁便將柚希斬出的真空波盡數彈開。

「…………！」

見狀，柚希面泛苦澀。

——柚希的戰鬥型態是全能型劍士，可使用靈刀進行中、近距離攻擊。

靈刀「咲耶」刃部屬「金」，與屬「木」的青龍「相剋」，可造成有效攻擊。因此柚希也很想縮短距離直接攻擊，然而「四神」能驅使「五行」屬性的力量施放攻擊，柚希卻沒有澪、胡桃或潔絲特那樣的魔法能力。

……要是妄自接近。

一旦青龍放出「木」或「風」屬性攻擊，柚希就不得不用「咲耶」張開護壁來防禦。也就是明明是為了攻擊而接近，卻被逼得只能防禦。

但是——青龍的使命是守護東方區域，牠似乎刻意在避免使用容易破壞環境的遠程攻擊。剛剛會瞄準柚希直接衝撞，多半也是因為這個緣故。對柚希而言，是希望能一面閃避青龍攻擊一面從中距離出手，然後稍微拉開距離尋找勝機。

而現在，柚希的中距離攻擊——以刀斬出的氣刃全被青龍彈開了。

那是因為「木」屬性的青龍所操縱的風，比柚希射出的氣刃威力更強。

方才在江戶川附近開戰時，柚希就是感受到這一點而選擇這個「金」屬性較多的地方，好盡可能削弱青龍的力量，只不過——

……到了這裡也還是行不通。

躍上空中的柚希落在附近大樓樓頂，即使失去攻擊手段也沒有失去冷靜，仍能正確判讀狀況。看樣子，也只能縮短距離，冒著遭到猛烈攻擊的危險直接貼上去砍了。

……可是。

對於執行這個戰術——柚希仍有懸念。

並不是害怕受傷。對手畢竟是在斯波控制下顯化的「四神」，想要無傷取勝未免太過天真，甚至可以說若是沒有同歸於盡的決心，就別想打倒這個敵人。

——話雖如此，但柚希說什麼也不能死。不僅是因為感情上想和刃更永遠在一起，而且喪命也會使得與她締結主從契約的刃更力量減弱——絕不能讓這種事發生。

因為真正非打倒不可的對象，就只有斯波而已。

即使眼前的敵人只有青龍，然而柚希也不是戰勝這頭守護聖獸就沒事了。這個結界是斯波的領域，即使能做到傷不致死，但要是為了擊敗青龍而用盡力氣時被他逮為人質——一樣會危及刃更的性命。

不僅是刃更，在其他地區戰鬥的人也都會遭殃。

無論如何都要避免。

【————】

青龍急速俯衝撞毀天橋後貼地飛行，再一口氣昂首旋身，瞄準柚希升空追來。

……不可以急。

面對這青藍守護聖獸，柚希在心中如此告誡自己。需要考慮那些危險，是因為人在「五行」結界裡的緣故。假如斯波解開結界使得「四神」發狂，那就只要拋開一切顧慮打倒他就行。當柚希以此為最後手段，摸索在這不利狀況下擊敗青龍的方法時——

『————』

忽然有個聲音對她說話。

那道不具實際聲響的呼喊，是來自她手中的靈刀——

「咲耶……？」

「咲耶」的情感從柚希持刀的雙手傳了過來——要她相信「咲耶」，放手發揮力量。那是始終與她生死與共的愛刀懇願般的意志——也是叮嚀柚希別過度拘泥於五行，破敵之計的提示。

「——知道了。」

柚希對她的靈刀確切頷首，背對著青龍開始動身。她躍上另一棟高樓頂端再跳下大馬路，接著就此大步疾奔。

捨棄這東方區域最可能削弱青龍「木」屬性的錦系町地利。

隨「咲耶」引導——往南前進。

——因此，柚希這時仍未發現。

自己背後——緊追不捨的青龍後方所存在的異常狀況。

在這個應該完整複製實際空間的結界中，缺了一樣東西。

2

東方區域，對上青龍的柚希積極轉移戰場。

南方區域，胡桃與朱雀的戰場並沒有多大改變。

——展翅飛翔的鳥，是與風共生的種族。而風也屬「木」，與南方守護聖獸朱雀的「火」屬性有相生之效。

若對照五行思想，掌管火焰的鳥可說是十分完備的個體。

但胡桃即便迎戰如此強敵也沒有轉移戰場，是因為她與「火」屬性朱雀的接戰地點已是面對東京灣的濱海公園上空。

——「水」能滋養操縱風的「木」，是相生關係。

因此胡桃選擇以「水」和「木」來對抗朱雀——這麼一來，戰鬥勢必會演變成空中戰。

她的「水」將與朱雀的「火」展開一番鬥智鬥力的戰鬥。

胡桃當然能用與「火」相剋的屬性對付朱雀，所以她才會負責南方區域。可是——若問她與朱雀的戰況是否占了上風，答案仍是否。

戰鬥是活的，不完全講道理或邏輯。

與朱雀交戰當中，胡桃遇上了幾個問題。

其一是雙方都處在最適合操控各自屬性的位置。

胡桃需要使用「水」屬性攻擊，愈接近海面愈容易發動——因為水會不斷流動，形體不定，是較難掌控的屬性，自然是希望盡可能接近海面來使用水系魔法。可是——

「——！」

胡桃以魔法緊貼著海面高速飛行，途中不禁皺眉。

因為朱雀張口噴射的火屬性魔法攻擊勢如雨下——在她周圍轟隆隆接連炸起巨大水柱。

掌管「火」屬性的朱雀，定位在遠離海面的高空——而胡桃保持在近海高度，等於是停留在不利的低位。

同時以飛行魔法閃避並以水護壁防禦，還能勉強應付，但空戰中被占據上方實在致命。

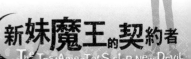

「——可惡！」

胡桃在飛行當中甩腿向前，滑水般濺起水花，意識集中於操靈術手甲。與水精靈取得聯繫後控制腳下海水，向天空接連射出海水砲彈。

由水構成的對空飛彈攔截所有朱雀的火團，且繼續不斷射擊。雖然南方屬「火」，但在山川道澤編排下這裡「水」氣更甚，利用這樣的優勢可使得攻擊次數高過朱雀。

然而——朱雀對胡桃的「水」屬性攻擊毫無反應。

不擋也不躲。胡桃的水砲就這麼命中朱雀——

【————】

但沒有造成朱雀任何變化。朱雀滿身的烈火，使得水砲在命中的同時便消失得不留一點痕跡。超高溫的「五行」之火，連胡桃的「水」屬性攻擊都能消解。

「水」能滅「火」，為相剋屬性。但五行相剋並不只看屬性，質與量也有影響。換言之——

「我臨時發出的『水』屬性攻擊就算能擋住牠的攻擊，卻傷不到牠本身是吧……」

胡桃貼海飛翔，望著在上空追著她的朱雀心想。

現在的戰法行不通——是不是該放棄留在海面到空中戰鬥，來解決上空遭擄的不利呢？

或者犧牲迴避解除飛行魔法，停下來專心唱誦大型「水」屬性魔法，提昇威力和準度？

不過——胡桃很快就被迫作出其他選擇。

【————】

遠在上空的朱雀迴旋著牠的巨大身軀並鼓動雙翼——讓拖曳著火舌，甚至淹沒視野的大量燄羽朝胡桃傾注而來。向上向橫都無路可躲，用水牆防禦那麼大量的燄羽又會造成連環爆炸。況且之前的水砲在接觸朱雀的瞬間便直接蒸發，若水牆也被蒸發——胡桃當場就完了。

既然閃避和防禦都有巨大危險，那麼——

「——！」

胡桃採取第三個選擇——同時進行閃避和防禦。於是她先展開護壁，不是用水，而是球一般包圍全身的風，並在這狀態下以飛行魔法高速移動。

但不是急速爬升或水平移動——而是急速俯衝。

胡桃瞬時潛入海中——而且是相當深的位置，同一時間，朱雀燄羽淋上海面。無數爆炸與劇烈衝擊掀起驚濤駭浪，掀起一陣超高溫暴風，但卻影響不到在深海中張開護壁的胡桃。不僅如此，潛入海裡也是最容易操縱海水的狀況。

「喝啊啊啊啊啊啊啊啊啊啊啊啊啊啊啊啊啊啊啊啊啊！」

左右刺出的雙手在胸前用力合掌——射入水中的風頓時捲動強勁水流，形成以胡桃為中心的巨大漩渦。

第②章 四神過後

當她雙掌向天猛推時，海面隨即射出寬達數十公尺的渦狀水柱——並就此變形為巨大水龍直衝雲霄。體型甚至大過朱雀的水龍越過朱雀更往上飛，然後急轉直下，張開巨顎衝向朱雀，將這頭赤紅靈鳥一口吞噬。

【————】

朱雀在水龍中瘋狂掙扎，水龍巨軀隨即開始蒸發。然而——

「！……沒那麼容易！」

身在海中的胡桃送出超過朱雀蒸發量的海水，維持水龍的身體。

遭水龍吞噬的朱雀，就這麼被拖進了東京灣。

接著，胡桃自己取而代之般衝出海面，急速到上空避難。

——「水」能剋「火」。尤其是在海中，供給朱雀力量的「火」氣將會遭到阻隔。對掌管「火」的朱雀而言，東京灣簡直就是一片毒沼，「水」的力量會快速侵蝕、打垮朱雀的身體吧。胡桃對正下方海面伸出雙手，以魔法將水龍的動作轉變為束縛朱雀的巨大漩渦。

「這下——……？」

成功封住朱雀的動作，讓胡桃準備說出的勝利宣言，被她含著驚愕一起吞了回去。化作水牢的巨大漩渦——有個熾烈燃燒的火團從那中心衝了出來，向著胡桃急速飛昇。

「唔……！」

胡桃倉促旋身發動飛行魔法，總算是平安閃過。抬頭一看，發現閃過的並不是朱雀的攻擊——而是朱雀本身。

——先前胡桃潛水退避時，張開風壁隔開了周圍海水。

而朱雀也做了一樣的事，只是牠張設的似乎不是風，而是火焰。儘管如此，仍然足以暫時推開海水，之後牠便趁隙飛昇逃出海中。

「我還以為那樣就可以搞定了呢……」

雖然眼前的勝利沒了使胡桃十分扼腕，不過——

「不過這下我也知道，那樣不是完全沒意義就是了。」

胡桃這麼說並不是出於逞強，而是她所注視的朱雀體型已有明顯縮小。即使只有短暫時間，朱雀終還是遭水龍吞沒拖入海中。大量海水造成的相剋，成功削減了「火」的力量，之前起不了作用的水砲應該已能對牠造成傷害。只要如此逐步削減牠的「火」，或許再過不久就能打倒牠了——而對於看見勝機的胡桃，朱雀做出一個動作。

【————】

牠對胡桃急速下墜，以玉石俱焚般的氣勢俯衝過來。

——即使力量已大幅削弱，那仍不是護壁擋得住的衝擊。

最壞的情況下說不定會連人帶護壁一起燒個精光。

第②章 四神過後

然而，那也是不硬擋就能避免的情況。於是胡桃以飛行魔法避開朱雀的突襲，然後轉身打算往朱雀背後擊出水系魔法。

「——！」

卻為眼中所見倒抽一口氣。那赤紅靈鳥的去向，讓她明白突襲目標並不是她。

朱雀是朝設於東京灣邊的大井貨櫃碼頭直衝而去。

那裡有許多正要靠港的巨型貨櫃船與無數工廠——身纏烈火的朱雀斷然撞進其中，引起劇烈的連鎖爆炸。

「……！」

胡桃立刻張開風壁抵擋爆炎所產生的強勁熱流。

緊接著，眼前——彷彿要燒盡天空而滾滾高騰的火球，彷彿有意識般全往爆炸中心聚集。最後，朱雀將東京灣最大港所存放之石油、輕油和重油所燒出的超爆炎全部納為己力，在滔天火團中飛昇天際。

牠的體型甚至遠比最開始時還要巨大。從牠釋放出的火燄氣場，可以明顯看出那並不是虛有其表。

「原來如此……在發狂之前還滿有理智的嘛。」

如今朱雀的力量更甚以往，而胡桃的精靈魔法雖不會消耗魔力，卻會消耗體力和精神力。先前為拖朱雀下水而製造巨大水龍，已造成相當大的消耗，想故技重施也剩不到幾次了——況且，現在的朱雀恐怕不會再上同樣的當，甚至可能蒸發整個東京灣的海水。不過——

「————」

即使居於劣勢，胡桃的聲音和眼神也沒有絲毫動搖。因為她已經被交付要在這區域打倒朱雀的責任，也知道自己的勝敗將大幅影響與其他四神和巴爾弗雷亞戰鬥的四人，以及前去對付斯波的刃更。

野中胡桃心裡只想著——自己無論如何都要打倒那頭聖獸。

——前陣子前往魔界時。

在與現任魔王派的決鬥當中，胡桃也是其中一名參戰者，然而卻苦吞敗果。

對手利用胡桃對刃更的擔憂設下卑劣心計，胡桃無從看破，發揮不了應有戰力而落敗。

爾後，儘管她在魔神凱歐斯出現所造成的混亂中，和萬理亞聯手消滅了那個小人——

但是……

那仍然無法改變那一敗扯了大家後腿的事實。

因此，即使這次對手遠比自己強大，她也絕不能敗。

——無論如何都要打倒朱雀。

為此，野中胡桃要賭上自己的一切。

「這一次，我說什麼也不能輸……！」

胡桃凝目向前一瞪，嘶吼著向朱雀騁空飛去。

3

在守護東西南北各方位的四聖獸中，有一個不同其他三者的特例。

那就是守護北方的玄武。

牠與其他四神主要相異處有二。

第一，牠的身體是兩頭靈獸——神龜與神蛇組合而成。

第二是名字。其他三者是「青龍」、「朱雀」、「白虎」，即「顏色」加上「獸名」所構成，只有「玄武」不同。

首字「玄」有「黑色」之意，而黑色也會用來形容五行中北方所屬的「水」，就結構而言與其他三者相同。

——但後半的「武」就使得「玄武」與眾不同了。

其他三者的尾字都是表各自型態的「獸」名，「玄武」卻不是「玄龜」或「玄蛇」，而是用了「武」字。

這是因為，由兩頭靈獸組合而成的「玄武」在名稱上同樣也有雙重意義。

首字「玄」不僅有黑色之意，還有「蛇」的意思，也就是以一個字同時表示「顏色」及「獸名」。而「武」除了有「龜」之意，還有另一個重要的意思。

那便是——「武神」的「武」。

「蛇」生性凶暴，配上有堅硬甲殼的「龜」堪稱攻防一體，而實際上，牠的確也能同時進行攻擊與防禦，這讓牠在四神這守護聖獸當中是最適合戰鬥的一個。因此，即使面對魔像這猛襲而來的巨大土偶——

【————】

玄武也毫不退卻。「土」在屬性上的確是剋制玄武所掌管的「水」，牠所發動的水系魔法，全都遭到魔像肩上魔族的土系魔法抵擋。

——然而，對方的攻擊也同樣對玄武無效。

別說魔像的拳打腳踢，就連來自地面——正下方的土系魔法，牠只要往殼裡一縮就能輕易彈開。魔族或許是以為把玄武翻過來會有用，一再地隆起地面，但也只有四肢短小，不會使用魔法的普通龜類才會無法翻身。這對四肢長健，尾部還是半條蛇，又能使用水系魔法的玄武而言一點問題也沒有。

而且，玄武的攻擊可不只限於「水」屬性魔法，那條渾身強韌肌肉與滿口尖牙的蛇也全是牠的武器。

【——————】

玄武無視於魔像巨大雙拳的連續猛擊，蛇身霎然一閃——如長鞭般甩動的蛇身超越音速，大氣隨之迸裂，同時魔像也失去了上半身。玄武的攻擊，將魔像上半身轟得粉碎。

【——————】

不過玄武仍未鬆懈，抬頭望向天空。

「…………！」

魔像肩上的女性敵人鼓動背上雙翼，橫眉怒目地俯視著玄武。她應該是及時飛上天空，避開了這次攻擊吧。

可是——假如以為逃到空中就安全，那她可就錯了。

而玄武也打算告訴她這點般，發動了「水」系魔法，隨之而生的卻是「冰」——玄武所守護的北方有冬季屬性，因此牠化水成冰，製造出將自己射上空中的發射台。

在玄武腳底結成的冰經過魔法淬鍊，讓摩擦力極度趨近於零——

「————！」

女性敵人一時錯愕，倉皇展開多重魔法陣，但玄武視而不見。

【——————】

牠縮起身子壓低重心，後腿一蹬並發動水系魔法，向後射出火箭噴流般的強勁水柱。

——因而產生的，是初速便遠超於音速的超高速噴射。

敵人沿冰製發射台坡面以魔法製造層層堅硬的黑曜石之牆，全被玄武像麥芽糖片一樣撞成碎片，瞬時逼上女性敵人——直接命中。

玄武將自身化為超高質量砲彈的這一撞，將敵人肉體破壞得不留原形。上升停止後，他以水造出緩衝牆擋住自己——

【…………】

並在腳踩水牆，視野上下顛倒的狀態下感到一絲古怪。

玄武是由於女性敵人與自己在體型和質量上皆有巨大差異，才會選擇超高速突擊，最後也紮實地撞碎了她，然而觸感顯然與生物肉體不同。沒錯——和接近她之前撞碎的黑曜石壁相當類似。

【——————】

隨後，玄武在西南方空中發現自己的感覺並沒有錯。牠應已撞碎的女性敵人就飄浮在那裡——

「——————」

對方以戰意絲毫不減的銳利眼神瞪視玄武一會兒後，轉身飛入夜空拉開距離。

先前破壞的，多半是她以自己為形象所製造的土偶吧。她既然能操縱魔像，操縱自己的分身肯定不難。

敵人的去向，是即使在東京夜間也特別光彩奪目的地區。

她是單純逃跑——還是認為那裡最有勝算？

——無論如何，玄武都不在乎。

牠的使命就只有鎮守這北方區域，並且——消滅侵害其領地的敵人。

【————】

於是玄武再度造出冰台，追隨敵人飛上夜空。

4

西方區域的砧公園，有兩場戰鬥同時展開。

一是澪與白虎在棒球場的戰鬥。

另一場——則是萬理亞與巴爾弗雷亞的戰鬥。

——可是現在，成瀨萬理亞的對手不是巴爾弗雷亞。

而是公園大草坪中央——圍繞著萬理亞不停蠢動的無數畸形物體。

魔神雷基翁。

他們外型全都一樣，大小也均等，每個都逾兩公尺高，與過去萬理亞幾個所擊敗的瓦爾加相近。儘管個體戰力不強，但也絕對算不上弱。其粗壯手臂揮出的拳，威力皆與瓦爾加同等。

如今，萬理亞的戰力已有巨大成長，已非遭遇瓦爾加那時可以比擬，那樣的敵人自然不成威脅——問題是數量實在太多了。

儘管這群數量無疑破百的魔神智力似乎不高，沒有複雜的假動作。不過無法閃躲而防禦時還是會削減體力，要是直接捱了攻擊也會受到相應傷害。

因此，萬理亞的戰法必然會往某一形式靠過去。

那就是盡可能排除一切多餘動作，以避免體力遭數量具壓倒性優勢的敵人耗盡，使破綻減少到最低。為此，要不斷預測可能發展，並對瞬息萬變的狀況做出最合適的動作——即攻擊與迴避。

砧公園內有樹林，潛身於草叢或林間戰鬥，對如此一對多的狀況甚有幫助，缺點則是死角也會變多。

第 2 章 四神過後

當敵人數量多到這種程度，那樣的死角對孤軍奮鬥的萬理亞反而危險。因此，她刻意留在視野開闊的廣場上戰鬥。

「————」

面對團團湧上的雷基翁，萬理亞藉高速步法不斷移動，以毫釐之差閃躲每一次來自四面八方的巨拳暴風；且拳腳並用地打擊地面與虛空進行廣域攻擊，一次又一次地轟散雷基翁。

萬理亞靈活的思路使她迅速確實地判讀情勢，雷基翁往地面搗出的拳被她當作踏台，就連一旁伺機而動的個體腦袋或肩膀也不放過。縱然敵人數有上百，在巨大體型的影響下，同時能攻擊她的頂多也只有四至五個。

【————】【————】【————】【————】

於是，當雷基翁從四方與上方撲來時——

「喝啊啊啊啊啊啊啊啊啊——！」

萬理亞一拳砸向腳下地面——放射狀衝擊當場轟散周圍四個雷基翁，並瞬即側步避開第五個雷基翁從上揮來的拳，同時高踢左腿。

藉由擊中第五個頭部——側腦的這一踢，萬理亞解決了這個無路可退的狀況，而打擊地面所造成的衝擊波，也消滅了後排十餘個雷基翁。萬理亞便藉這個攻防間的片刻空檔深深吐出屏住的氣，調整呼吸。

……真是沒完沒了。

她同時掃視周圍，冷靜判斷自己處在不利狀況中。

開戰至今已有相當時間，萬理亞打倒的雷基翁早已破百，可是——不管打倒多少個，巴爾弗雷亞設下的魔法陣仍有新的雷基翁不斷湧出，數量始終不減。

恐怕……

不打倒巴爾弗雷亞，雷基翁就不會停止增殖。而現在，萬理亞根本找不到巴爾弗雷亞人在哪裡。

因為他負責要在這西方區域調節「白虎」以維持結界整體平衡，也需要控制雷基翁，所以應該沒有逃跑。

多半是像之前暫時消失那樣，用了萬理亞無法感知其存在的某種能力吧。或許是隱藏形體的代價，巴爾弗雷亞本身並沒有出手攻擊，對萬理亞來說可說是不幸中的大幸。萬理亞也曾數度廣範圍地打擊虛空碰碰運氣，但一樣沒逮到他。也說不定巴爾弗雷亞現在是處於不受影響的狀態。

可是，那同時也就表示，只要他一解除能力現身就能馬上攻擊，所以萬理亞即使也有飛翼，對付雷基翁時卻不能躲到空中。要是自己盲目亂飛，就會有遭受巴爾弗雷亞從死角偷襲的危險。

……得想個辦法才行。

雷基翁數量減了又增，萬理亞的體力和精神力卻是有限。即使現在還能對應他們的猛攻，但終究有其極限。只要步調一亂，就會被占數量優勢的雷基翁一舉反撲。

……絕不能變成那樣。

在日前與現任魔王派的決鬥中，成瀨萬理亞吃了一場敗仗。

若單純只論勝負，胡桃和潔絲特也都是敗者。不過胡桃是以為刃更在對方手上而無法使出實力，潔絲特則是在分出勝負前插手解救胡桃而遭判敗。

兩人的失敗都是都無可厚非，相形之下——

……就只有我。

只有我是單純在戰場上吃了敗仗。

當然，萬理亞的對手是瀧川——拉斯，實力之高不容懷疑。敗給他並不表示萬理亞的實力遜於他人。

然而，她依然是輸了一場重要戰役——這個事實並不會因此改變。

所以這次絕不能輸。

巴爾弗雷亞召喚這麼多怪物，應該也消耗了不少魔力才對，繼續堅持下去或許能看見勝機——

但是……

假如這增殖，是由於與巴爾弗雷亞締結契約的魔神特性本就如此，那麼別說巴爾弗雷亞，搞不好就連雷基翁本身也沒有損耗。

如此一來，想突破這個困境就必須製造讓巴爾弗雷亞願意現身的狀況，然後一舉解決他，可惜那種機會沒那麼容易到來。而且要是錯失一次，萬理亞就輸定了。

而先前，巴爾弗雷亞還以魔法護壁輕鬆擋下萬理亞的攻擊。

再這樣耗下去，恐怕是無力打倒他。

……其實也不是沒有方法打破這個現況。

成瀨萬理亞擁有促使體能產生爆炸性成長的招式，而那也是她的絕招——插入鑰匙解除封印，讓靈子中樞過載。可是——

「…………！」

成瀨萬理亞怎樣也打不出這張牌。

與現任魔王派決鬥時，萬理亞會輸給拉斯是因為鑰匙使力量提昇太多，無法精準控制肉體所導致，那對使用拳腳戰鬥的萬理亞來說是個致命的缺點。從那之後——為了習慣解放狀態的力量，萬理亞多次使用鑰匙解除封印，與刃更等人對練。戰力的確是更甚以往，水準也應該有所提昇。

不過……

那僅只於訓練場上的結果，並非實戰。自兩派決鬥以來，大家都沒有遭遇過可以測試全力的實戰。以現況而言，想和巴爾弗雷亞這般高階魔族中的頂尖高手——或戰力相當的對手賭命大戰一場的機會，幾乎是不太可能的事。

真是諷刺。自己為了幫助澪從魔界政治中解脫而前往魔界，成功取得不再有魔族侵擾的安穩生活後——同時卻也使得戰鬥能力停止成長。

因此，雖然在日常生活中仍時時保持鍛鍊，萬理亞也不曾在實戰中測試自己到底成長了多少。

用那招將是一場賭注。

……總之。

這樣的賭注，必須審慎評估對象與狀況後才能使用。

因為——砧公園區內，還有澪正與白虎戰鬥。

……澪大人。

從萬理亞所在的廣場，能在雷基翁軍團的巨軀縫隙間，窺見棒球場上澪與白虎的戰況。

那邊的戰鬥也仍在持續。那麼——

……假如我輸給巴爾弗雷亞。

他的下一個目標肯定就是澪。

到時候，澪就得同時面對白虎和巴爾弗雷亞。

目前雷基翁沒有往澪那邊推進，是因為介入她們的戰鬥可能會被顯化的白虎當作敵人吧。一旦萬理亞戰敗，巴爾弗雷亞的精神就能專注在澪身上，而他能夠任意解除自身存在。只要在澪露出破綻時現身予以痛擊再使用能力消失，即使被白虎認定為敵人也沒有危險。

——當然，那都是萬理亞戰敗之後的事。

澪很有可能在萬理亞設法抵擋雷基翁攻勢的當中戰勝白虎，屆時再一起對付雷基翁和巴爾弗雷亞，勝算就高得多了。然而——

……不行。

成瀨萬理亞立刻將這個天真的想法趕出腦中。

這種作戰肯定已在巴爾弗雷亞的計算之內。

既然要贏，不如自力打倒雷基翁和巴爾弗雷亞，再和澪協力擊敗白虎……若連這樣的骨氣也沒有，恐怕別想戰勝巴爾弗雷亞。

再說——現在的萬理亞也擁有化這想法為現實的力量。

那是與刃更等人鍛鍊之中的新發現。

萬理亞所得到的另一張王牌——自己更深一層的可能性。只是——

……機會只有一次。

只許成功，不許失敗。於是——

「——————」

萬理亞盤算著這張王牌的使用時機，再度動身。

為了打倒魔神雷基翁——以及潛藏其後的巴爾弗雷亞。

5

中央區域，刃更與斯波的戰場移到了東京鐵塔的東方。

兩人落在山手線與京濱東北線並行，擠滿高樓大廈的地段。

在結界中，這個平日因上班族往來而熙熙攘攘，到處是汽車或電車行駛聲的商業區，全然不見平時辦公區應有的氣息。

——可是，那裡卻是處在與寂靜完全相反的狀態。

連內臟也為之震顫的沉重衝擊聲正不斷迸響。整條街道都彷彿成了裝設最尖端音響設備，以重低音為賣點的電影院，奏起強勁音效。

連綿不絕的劇烈聲響，總是伴著某個現象。

——直線吹掃的銳利疾風。

來自在深夜街道疾馳的刃更——他正置身於兩旁景物都化為流線的神速領域中，向面帶淺笑的斯波直奔而去。

——選擇在這裡戰鬥的，是刃更自己。

這是為了避開東京鐵塔西方至西北方——各國大使館密布的麻布或虎門地區。

這裡是斯波所創造的結界空間，不會影響到外界的實際空間，然而內部仍有東西南北方位反轉，以及四神配置對調的問題。

假如刃更在這場戰鬥中逼得斯波解開結界造成四神發狂，東京恐將化為火海。

——更何況，不是只有四神能破壞東京而已。

只要斯波願意，稍微躲藏起來就能輕易把這一帶夷為平地。若他毀滅的是各國大使館，日本將面臨嚴重的外交問題。

不僅是東京，如今日本整個國家都成了斯波的人質。

當然，在這裡——東邊戰鬥，斯波解除結界後同樣能對大使館林立的西邊出手。但距離拉長，攻擊命中的所需時間也會跟著增加，刃更就有更多時間可以處理。

但是——從斯波的立場來看，在東京鐵塔東側戰鬥就等於失去了保險，而且他拖得愈久，「四神」的相生所給予他的力量也就愈多，根本沒有逗留的必要——也沒有意義。

斯波之所以願意待在這裡跟刃更戰鬥，是因為在東方戰鬥對他有益。

刃更與斯波所在的中央區域——在五行中屬「土」。

剋「土」的屬性是「木」，方位為東。

因此，與東京鐵塔東側相鄰的芝公園，和更東邊的濱離宮恩賜庭園都有大片樹林，具有剋制這片中央地區的力量。另外，這一帶櫛比鱗次的高樓大廈在材質上雖是由「土」和「金」屬性構成，形質上卻是屬「木」。

既然斯波欲以「四神」相生增幅中央的「土」屬性能量，藉戰鬥削減這一帶的「木」屬性勢必有不小幫助。

此外……

還有一個會讓斯波跟來這裡的可能因素。

那就是位在東京鐵塔東側芝公園內的淨土宗鎮西派重地——增上寺。

增上寺是德川家康的菩提寺，古時曾經負有維持江戶風水之責，地位重要。江戶城是藉由按山川道澤配置四神相應，將四大方位的力量利用至最大限度；但相反地，有些方位需要盡可能抑制力量，那就是兩個凶位——「外鬼門」及「內鬼門」。

為了抑制東北「外鬼門」的方位力，德川家康在江戶城北側……亦即現在的上野設置了寬永寺；同理，為了抑制西南「內鬼門」所設置的，就是這座增上寺。

當然，這是以江戶城——現今的皇居為中心點所作的考量。從斯波設定為中心的東京鐵塔來看，位在東方的增上寺並非鬼門。

可是……

如同北方區域的自衛隊十條駐屯地能給守護北方的玄武提供力量，在這結界空間內，許多特殊地物可以發揮那樣的象徵性效力。

從江戶時代至今，增上寺始終鎮守著東京這國家中樞的內鬼門，歷史悠久。一旦增上寺遭毀，東京本身的風水也會失衡，必然也會擾亂中央區域的五行，連帶破壞整個結界空間的五行均衡。

——而結界崩潰，結果當然就是四神發狂，毀滅東京。

刃更無論如何都需要避免這種事態發生，小心地與增上寺和芝公園保持距離，以免戰火波及。

不過對斯波來說，增上寺很可能也有極關鍵的重要性。

因為……

芝公園對這空間有相剋效應，可是從刃更追蹤斯波回到東京，到侵入結界抵達中央區域這整段不短的時間中，斯波完全沒對它出手。

第2章
四神過後

倘若斯波並不想破壞曾是增上寺一部分的芝公園，減弱其抑制內鬼門的效果而導致五行失衡，那麼事情就說得通了。

——然而，這全都只是假設。

無謂的認定會侷限思路，造成心理死角，產生破綻。

可以肯定的，就只有讓斯波較難在結界解除時第一時間破壞各國大使館而已——但這樣夠了。這已足以構成刃更全力奮戰的理由。

於是東城刃更發動攻勢。

以比風更快的速度一口氣逼近斯波，並在布倫希爾德劍圍再三步就觸及他的那一刻——

「…………！」

刃更大步向橫閃身，斯波的眼睛也隨之轉動。

「——……！」

接著以更快速度反向跳開，斯波的視線也在稍後追了過來。

「——」

就在這剎那刃更再次往反方向加速一躍，完全消失在斯波眼中。

「——！」

最後從他左斜後方——即死角位置以落地的右腳為軸，如陀螺般高速旋轉，在鞋底與柏油路擦出的焦味中橫掃出擊。

鍾鍊至極速的劍，將斬擊昇華為能斬斷任何物體的鋒銳銀光——而人在劍軌上的斯波別說刃更，就連布倫希爾德的劍身都看不見。

必中無疑。

刃更心裡才剛這麼想，眼睛就見到不同結果。

「——好險呀。」

斯波畫弧般右手一撥就已是完全防禦。刃更從死角掃出的斬擊，連斯波的長髮都沒碰到就被他輕易卸開。

——刻不容緩的情勢，使刃更從開戰起便是全力以赴。

可是斯波卻始終應付得從容不迫。

布倫希爾德的每一個呼嘯的斬擊，都被他赤手空拳地一一化解。

這讓東城刃更回想起過去對上佐基爾的情境。

佐基爾甚至不出一點聲響就化解了刃更的劍——類似的狀況，正由斯波之手重新上演。

然而——現在的刃更已不是遭佐基爾戲耍時的他。

當時還要藉澪等人的力量才好不容易擊敗佐基爾，如今應該光憑刃更一個人就能殺得他無力招架了吧。

——儘管如此，刃更的攻擊對斯波還是起不了作用。

這表示刃更與斯波的實力差距就是那麼大。

然而現在不比佐基爾那時，得不到澪她們——夥伴們的支援。

因為她們也在各自的戰場，與各自的敵人奮戰。

……不，不對。

不是得不到她們的支援。而是她們與四神及巴爾弗雷亞戰鬥，對刃更已是極大助益。

而刃更的任務——則是打倒眼前的斯波。

為此，刃更在戰鬥當中被迫做出一項行動。

收拾遭到化解的全力斬擊。

——當攻擊軌道被迫偏離目標，會多少拖垮身形。

若是在出乎意料的情況下，自然是更為嚴重。

於是，身體稍微浮起的刃更不禁抽了口氣。

「————？」

一片黑色迅速逼上他眼前。當他用眼睛看清、用大腦理解那是斯波的腳後，刃更立刻掌握了狀況。

斯波以右手撥開攻擊後，此串連身體所有動作，將力量轉為攻擊。

這是一記左腳高踢。膝蓋以下之所以如熱浪般飄晃不定，並不是因為速度比速度型的刃更動態視力更快。

恐怕——是由於斯波的能力。

「唔——喔喔喔喔喔喔喔喔喔喔喔喔喔喔喔喔！」

刃更強行拉回遭到偏轉的劍，好對應原本避不開的一擊。儘管布倫希爾德只是徒然劃過虛空，重量造成的反動卻使刃更身體向橫傾斜——同時刃更也向右扭腰旋身，「霍！」的掠空聲隨即掃過耳畔，一道不快的風抹過臉頰。

「咦……不用布倫希爾德擋呀？」

斯波愉悅地問道。

「你好像對我很有戒心嘛，刃更。」

那當然。刃更心想。

——高志說他應該確實擋下了斯波的攻擊。

然而，他依然受了連薰的治癒魔法都無效的傷害。

那恐怕是斯波的能力所致，但目前刃更依然看不出那能力的真面目。假如稍有不慎，恐怕會當場無力再戰。

於是他順著右旋力道側翻，再接一個後空翻與斯波拉開距離。

第2章
四神過後

「喝啊啊啊啊啊啊啊！」

並在後躍當中，連續斬出布倫希爾德。

隨著每一次劈開空氣而射出的真空之刃大舉襲向斯波——然而對方只靠移動上半身就全數閃過，連腳都沒動。

——不過刃更早已料到這樣的結果。

被斯波躲開而向後飛去的真空之刃，在接觸地面前驟然勾起，就此斜向劈開斯波背後兩旁的大樓。

以特定角度斬斷的樓體，發出蠢動般的聲音向斯波倒下。

「真是的……在別人的結界裡就這麼亂來。」

見狀苦笑的斯波還是一樣地從容。樓體墜落速度不快，斯波有充足時間可以躲避——但東城刃更可不會讓他這麼做。

「————！」

他雙手握持布倫希爾德高舉過頭，朝人在遠處的斯波一劍揮下。

他所揮出的不是「無次元的執行」，而是前任魔王威爾貝特一族血統特有的鮮紅波動。

——也就是與現任魔王派決鬥時，一擊壓倒雷歐哈特的重力波之斬。

當時需要雪菈調配藥劑才使得出的招式，如今已能憑自身意願自由施展。在「村落」與賽莉絲對戰當中，刃更從使用貝爾費格的靈子當中獲得啟發，掌握到駕馭自身魔力的方法。

倘若重力波能直接壓垮斯波，當然是再好不過。即使對方撐得住，也應該能封住他的動作，以氣刃斬斷的大樓馬上就會把他壓成肉餅。可是——

「————？」

下個瞬間，東城刃更卻大吃一驚。

「這就是那個重力波呀……我聽巴爾弗雷亞說過。」

斯波竟然在重力波的效力範圍下泰然自若地說這種話，且絲毫不受影響般輕鬆舉起右手——彷彿要單手接下大樓。

——然而，即使是斯波也不可能辦到那種事。

那麼他到底要做什麼——刃更剛這麼想，答案就出現在眼前。斯波的右手在接觸大樓之前，掌中猛然噴發大量紅褐色氣流——

「————」

倒向斯波的大樓，帶著突然有風颳過般的破碎聲，連同水泥與支撐其樓體的鋼筋散成滿天沙塵。

6

東城刃更目睹了斯波將整棟大樓化為沙塵的整段過程。

……原來是這樣。

他從中窺見了斯波能力的真相。

——那不是魔法。

他放出的東西——恐怕是「氣」。

像精靈那樣的高次元生物，能釋放魔素或魔力，而「氣」則是充斥在天地之間的自然產物。五行所利用的屬性能量，便是來自自然界的五種「氣」。

世上森羅萬物都有自己的「氣」，人也不例外。

只是人所蘊藏的「氣」，會在其靈子影響下化為「氣勁」。

勇者一族中，也有人能以體內「氣勁」為武器，但非常稀少。這是由於勇者一族的異能幾乎是來自神族護佑或精靈的力量，而它們基本上都是以四大元素為根基。

此外，這些為數稀少的氣功高手又只能使用自己體內的「氣勁」戰鬥，顏色和勇者一族的氣場一樣是綠色。

不過……

剛剛斯波釋放的無疑是「氣」。

從那股「氣」的紅褐色當中，刃更可以確信——斯波使用的是這中央區域的「土」屬性能量。

十之八九——斯波是能隨意運「氣」，極為特殊的「氣功格鬥士」。

他構築五行結界不只是為了相生相剋，肯定也是為了吸收「氣」，讓五行相生增幅力量的效果提升到最大。

……原來如此。

如果斯波用的是「氣功術」，就能解釋為何攻擊速度完全在他之上，他卻依然能應付得那麼完美了。因為「氣息」和「殺氣」都是氣的一種。

這樣也說得通為何高志應確實擋下他的攻擊卻還是受到重傷——不，或許是因為事先看過高志的傷勢，刃更才能發覺斯波能力的真相。

既然能將「氣」納入體內，當然也能夠放出體外。

而且……

只要技術純熟，一般氣功師光是觸摸就能將「氣勁」送入對方體內。對於收放自如的斯波而言，別說送氣了，就連收氣和操縱也是輕而易舉吧。

這樣的招式不僅有中、遠距離射程，近戰時也十分有效。

很可惜的是，高志是在沒有任何資訊的狀況下突然和斯波發生戰鬥的，因此不太可能看出他用的是特殊的「氣功術」。

——但現在，刃更發現了斯波能力的真面目。

總算能夠開始思考要如何戰勝斯波。

照這樣看來……

斯波多半已經察覺刃更擁有什麼樣的絕招。

與賽莉絲決鬥時，刃更使用了能夠反彈任何物理或魔法干涉的「萬有斥力」。

儘管那招理應也一併反彈了用來觀看戰況的視覺魔法，但憑藉斯波的能力，從「氣」的變動上了解個七、八成也不是什麼怪事。

另外……

斯波很可能也能感覺到，刃更已經可以使用他與賽莉絲對戰那時所用不了的「無次元的執行」。

在那場戰鬥中，刃更之所以無法使用「無次元的執行」，是因為他與十神長谷川締結契約，使得體內神族母親——拉法艾琳的血統顯化，處在靈子失衡狀態的緣故。

然而刃更發動「萬有斥力」時運用了貝爾費格的魔力，再次讓靈子取得平衡。所以才能藉「白虎」使出「無次元的執行」，抑止高志體內的淤塞。

當時斯波早已離開「村落」，或許無從得知這段經過。

可是……

光是雙方對峙，斯波就能感受到刃更的「氣勁」，當作他已經發現自己體內的氣和在「村落」與賽莉絲決鬥時不同比較妥當。相較於自己被斯波看透——

恐怕……

從對方那分從容來看，他應該還有更強大的底牌。

——而目前，自己只有瞎猜的分。

在戰場上，事先察覺對方可能會有的招數以及危險性確實有所幫助，但過於拘泥反而會更加危險。戰鬥需要當機立斷，恐懼只會撼動理智。妄將推測認定為事實，屆時發現與實情不同，反應就會變得遲緩。

因此，需要盡可能保持平常心，以面對各種可能，所以在戰鬥中保持冷靜極為重要。

鎮靜思緒之後，東城刃更再次判斷現況。

——自己無疑正處於下風，而這不是出於悲觀所做的判斷。而是若無法認清這個事實，將不可能戰勝斯波。

實力差距一目了然，絕招也被看破，而且不曉得對方還有何招式。

不過東城刃更並不畏懼。

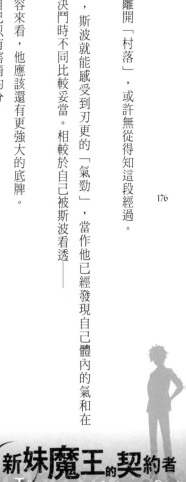

因為一直以來都是如此。他所挺過的每一場死鬥，每次都是在對手占盡上風。

但刃更等人仍是關關難過關關過。

因此，東城刃更要運用自己一切可能，想出擊敗斯波的方法。

「————！」

當計畫成形，身體已經付諸實行。

為了打倒眼前這個面泛淺笑的逆境——自己非打倒不可的對手。

7

柚希從錦系町往南移動，並在疾奔當中不時閃避青龍的攻勢。

——靈刀「咲耶」刀身由鋼製成，屬「金」。

然而以斬擊射出氣刃作中距離攻擊，卻無法打倒象徵「木」屬性，能操縱風的青龍。

於是柚希在「咲耶」引導下，來到墨田區南方——曾被她剔出戰場名單的江東區一隅。

這個地方充滿能帶給青龍相生效果的「水」屬性，較為不利。可是——

「——原來如此。」

野中柚希立刻明白「咲耶」為何要帶她來此。隨著從錦系町愈往西南移動，「咲耶」刀身光輝也愈發強烈，一眼就能看出「咲耶」的力量獲得提昇。柚希進一步加速，順愛刀指引，宛如要拋下青龍般奮力奔跑——最後抵達地下鐵東西線的門前仲町站邊。

位在其南側的東西向河流——大橫川。

寄宿於靈刀「咲耶」上的神靈木乃花咲耶姬——名中的「花」，指的是櫻花。

沒錯……「咲耶」同樣是屬「木」的武器。在這大橫川邊種了無數櫻樹——那就是能助柚希打倒青龍的關鍵。

若以屬「金」的「咲耶」鋼材刀身剋制青龍，就非得接近青龍，以刀刃直接攻擊不可，風險遠高於魔法攻擊。

但從遠距離擊出氣刃，則破不了「木」屬性較強的青龍所捲起的風壁。「木」屬性之間的碰撞單純是比拚力量強弱，表現出「四神」青龍所操縱的風與其「木」屬性能量是多高。

可是……

野中柚希心想——自己的愛刀「咲耶」也是威力強大、歷史悠久的靈刀、名刀。

以武器而言，它本身的力量絲毫不遜於四神中的「青龍」。

再加上「咲耶」選擇柚希為使用者，數度助她度過危機——始終與她一起戰鬥、一起成長。

她的夥伴，不僅是與她結下主從契約的刃更，或澪等決定一起生活的人——野中柚希與靈刀「咲耶」之間也是情比金堅。而這分感情——共同累積的力量，並不會輸給單純受斯波使喚的「青龍」。

沒錯……

能幫助柚希戰勝青龍的——不是急就章的相剋攻擊。

而是相信自己的愛刀，相信被「咲耶」選為使用者，並與它一同成長的自己。

「————」

於是野中柚希在能盡覽大橫川兩岸櫻景的石島橋上，將所有意識集中於手上「咲耶」。

『————』

「咲耶」也有如呼應其心念般發出光芒——同時，周圍也發生連鎖效應般出現變化。預估花期較晚，到了三月下旬也只見花苞的整排櫻樹霎然綻成花海。

石島橋上——柚希手持發出耀眼光芒的「咲耶」擺好架式。刀身映在深夜的大橫川水面，宛如夜空中以神聖光輝照亮世界的新月。

片刻——當無數櫻樹全數盛開，粉紅光輝籠罩兩岸時——

【————】

追逐柚希而來的青龍出現在北方天空。

青龍已經鎖定柚希的位置。既然與青龍同屬性的「木」能量突然增強，柚希當然就在那中央。

但野中柚希不以為意。

「咲耶——」

當她如此輕聲呼喚時，「咲耶」帶起一陣風。

風吹過大橫川面，挾帶無數櫻瓣飛昇夜空。

最後，渦漩的櫻色旋風向石島橋上的柚希匯集而來——傾注於「咲耶」刀身之中。

『——』

「咲耶」的銀色刀身逐漸轉為櫻色——再染為鮮紅。

見狀，青龍加快了速度，向柚希張開巨顎——

【——】

緊接著——吐出咆哮與藍綠閃光。

青龍對其認定為敵人的少女噴射出「木」屬性的吐息。

沒有利用四周櫻樹，單純是牠自己的力量。這是因為少女的靈刀支配了這一帶所有櫻樹，不許青龍干涉的緣故。

火力全開——原先青龍為降低對自身守護區域造成損害而壓低了力道，現在卻是不顧後果全力出擊，原因是由於敵方的危險性就是提升到這種地步。

青龍要以這一次的全力吐息，將這一帶連同少女一起摧毀。

然而——這口龍息什麼也毀不了。

來自地面的紅色奔流，在空中與牠的吐息對撞了。

而奔流是來自少女揮出的斬擊——

【————】

青龍見到的狀況，與先前用風牆彈開少女擊出的氣刃正好相反。牠所吐出的龍息，遭到隨少女劈斬噴發的鮮紅衝擊波攔阻——而且推了回來。

這正表示少女的力量在短時間內超越了青龍。

於是青龍改變方針，將「木」屬性吐息轉換為風，並予以壓縮——因而誕生的超硬度障壁，將吐息全集中於一點，堪稱絕對障壁的風牆旋即撞上少女放出的衝擊波，引起撼動整個空間的巨大爆炸。

——可是，即使如此，在風所構成的絕對障壁保護下，青龍依然成功完全防禦住了。

既然自身毫髮無傷，而敵人釋放同樣攻擊需要再度從周圍櫻樹匯集力量——青龍當然不會給她這樣的時間。

【————】

青龍翹然退首，同時解開絕對障壁，宛如吹散少女的衝擊波所炸出的櫻色煙霧般準備吐息——但卻無疾而終。在吐息發射前，少女已衝破煙霧逼上青龍面前。

少女手上的靈刀，與青龍同樣屬「木」——應該也能操縱風。

不過，假如她使出風系飛行魔法，同樣操縱風的青龍應該會及早察覺，如今卻縱放少女如此接近——隨後，青龍見到了原因。

有條櫻色的道路，從地面直達青龍。

那是由櫻瓣交疊而成，宛如地毯的階梯。

階梯是沿著少女放射的衝擊波所鋪成，再加上爆煙掩護難以目視，使得青龍未能及時發現。而且這一帶「木」屬性濃烈，難以察覺少女的接近。

少女的計算勝過了青龍一籌。當他明白這點，少女將櫻瓣階梯最後一階做為跳台躍起，向青龍背後飛竄。

並於錯身而過時橫刀一帶，將青龍的巨大身軀一刀兩斷。

第2章
四神過後

8

掌管「火」屬性的南方區域。
朱雀撞毀大井貨櫃碼頭而吸收其爆炎後，在夜空飛翔之餘心想——
——自己與敵對少女的戰鬥就快結束了。
朱雀的「火」屬性能量獲得提昇後——牠與使用操靈術的少女在東京灣上空的戰鬥，很快就從你來我往固定為單方面的追與逃。原先朱雀突襲時，少女還會在躲開後進行「水」屬性的反擊；但朱雀力量提昇，怎打都造成不了傷害後，少女很快就變成只能一味躲避攻擊。
不過，這個到處亂飛亂竄的少女速度實在驚人，朱雀怎麼也逮不到她。原因大概是出在朱雀全身都是火堆和燄羽，卻沒有進行遠程攻擊的緣故吧。
——過強的「火」屬性能量，迫使朱雀避開使用那類攻擊。
力量增幅到這種地步，很容易一不注意就嚴重毀壞自己該守護的南方區域。譬如再像先前那樣放射燄羽，說不定就會蒸發整個東京灣，破壞四神相應所需的山川道澤地形。
因此，朱雀不斷以飛行衝撞。憑現在的火力，僅是擦過少女就能將她燒成焦炭。然而對方操縱風的能力似乎更強，在飛行速度不如人的情況下只能眼睜睜看她躲過一次又一次。
但少女的動作漸顯遲緩。這也難怪——稍微擦過就會當場喪命的緊繃壓力，必然會對這個人類之軀的少女造成非比尋常的身心損耗。

少女的表情擺明相當痛苦，滿臉是藏不住的疲憊，五官因焦躁而扭曲。

「唔……！」

儘管如此，她依然不斷拚命閃躲朱雀的突襲——只是，再會躲也躲不久了吧。很顯然，再過不久少女就連飛行魔法也無法維持了。

屆時——這場戰鬥便會分出勝負。

【————】

朱雀鼓動巨翼，將東京灣夜空灼燒成朱紅色，向少女騰躍而去。就在這時——

「————！」

牠的去向——飛翔的少女對牠放出魔法。

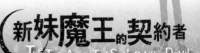

朱雀沒有理會。即使少女用上整個東京灣的海水作相剋攻擊，現在的牠也有辦法穩穩承受；能操縱風的「木」屬性，會因相生而加強朱雀的「火」；即使對「土」抵抗力稍弱，但這裡畢竟是東京灣上空，不可能會有比「水」的相剋更強的「土」屬性攻擊。至於「火」，既然少女都目睹過朱雀吸收貨櫃爆炎而使得雙方戰力比勢劇變，不太可能那麼做；就算真有那種事，吸收掉就行了。

少女用的是操靈術，或許能從精靈借得五行外的力量，但至少她手甲的波動和過去是同樣水準，算不上威脅。這南方區域中，沒有比朱雀更強的精靈。

於是朱雀下了不足為懼的結論。

而少女發動的是風魔法，屬性為「木」，對屬「火」的朱雀有相生效果。

【————】

因此，朱雀直線往少女衝刺。少女放出的風將使朱雀之火燃得更烈，把她瘦弱的身軀燒得一點灰也不剩。

然而出乎意料的事情發生了——下一刻，有個感覺席捲朱雀全身。

那是一股劇烈的衝擊，彷彿撞上了地面——不，現在的朱雀就連大地都能輕易蒸發，不可能在空中撞上任何東西。

【…………？】

朱雀不知發生了什麼事，心裡一陣混亂，最後才終於發現原因在哪。

曾幾何時——包纏牠全身的熾熱烈焰竟完全消失了。

「——看來你完全中計了。」

野中胡桃見到自己的計謀成功，鬆了口氣。

接著，再次注視失去火焰的朱雀。這樣的狀態，是來自於胡桃對朱雀所做的間接攻擊。

胡桃以「水」來剋制屬「火」的朱雀，也為了飛行魔法而使用能操縱風的「木」屬性。

朱雀則是以自己掌管的「火」屬性攻擊，鼓振熊熊燃燒的雙翼產生氣流飛翔——在雙方如此使盡渾身解數的戰鬥中，胡桃想到了一個可能的致勝之計。

事情發生在胡桃造出巨大水龍，將朱雀拖入東京灣之後。

——當時，朱雀是以火焰障壁脫離海底。

那個模樣，使胡桃想到先前藉旋風障壁潛入海中，在朱雀墜海時升空避難的自己——並給了她一個想法。

若是以風牆包圍朱雀，能不能奪走朱雀燃燒的所需之物？

也就是氧氣。

一般而言……

耗用魔力的元素系魔法，或借精靈之力製造的魔法火焰不需要氧氣，因為那是源自其他法則的東西。

可是朱雀——在這結界之內，斯波或四神所使用的「五行」就不同了。

五行是利用存在於這世界的自然能量來發動力量的系統。

具有能藉相生增幅力量的優點，卻也受到化學法則的限制。

第②章
四神過後

沒錯——朱雀那熾熱的烈火，全是燃燒氧氣而成。

之所以始終沒有燒完，應該是由於屬「木」的東方區域，持續對這屬「火」的南方區域提供相生力量的緣故。

因此，胡桃嘗試在朱雀周圍張設風的結界，切斷氧氣供應。

既然火勢那麼猛烈，結界內的氧氣應該會瞬時耗盡吧。

如今，結果就呈現在胡桃眼前——一隻失去火焰，不過只是巨鳥的朱雀。

……這樣就結束了。

只要不破壞風壁，熄滅的火焰就不會復燃。

然而失去火焰的朱雀如今已經無力破壞胡桃的障壁。

「真是的……好麻煩的烤小鳥。喔不，烤大鳥才對。」

胡桃唏噓地低語，並將意識集中於左手的操靈術手甲上。

使用的當然是——與「火」屬性朱雀相剋的「水」元素。

「——就讓我告訴你輸在哪裡吧。」

野中胡桃平舉左手說：

「因為戰鬥經驗的差距……以及沒嘗過戰敗的滋味。」

於此同時——無數水槍射出海面，連同結界刺穿朱雀。

9

北方區域中，與玄武交戰的潔絲特往某個地方移動。

目標是位在起初的北區十條台西南方——豐島區首屈一指的鬧區。

池袋。

潔絲特來到ＪＲ車站正上方後停下。

……到了這裡就……

在她心中所思考的，是這地帶作為戰場的適合程度。

——過去，潔絲特曾與刃更等人一起造訪這個城市。

在魔界與現任魔王派的決鬥結束後，潔絲特也成了東城家的一分子。為解決空間問題，他們用魔法擴建了地下室——而隨著人數以及空間的增加，自然需要添購新的家具和電器。

穩健派曾將一個特別帳戶交給潔絲特，裡頭是由魔界金礦產出的黃金所兌換的日圓，金額高到可以讓東城家代代不愁吃穿。但那些錢是穩健派的拉姆薩斯和雪菈等人為澪著想，當作給刃更等人的謝禮而準備的。

更重要的是，潔絲特是刃更的——東城家的侍女，不可以做出無謂的浪費。

所以添購電器時，他們來到池袋這個較東京其他地區品項更豐富，價格更實惠的地方，而這一趟也導致潔絲特選擇這裡與玄武決戰。

因為她想更深入認識與刃更共訪的回憶之地，回家以後就對其歷史與現在扮演的角色作了番調查。

做出這決定的主因，仍然是之前遇到的土地問題——北區的名稱，以及自衛隊駐地會提供玄武力量，需要遠離。

另外……

流經柚希東方區域的隅田川也流過剛才那附近。之前趕路時刃更等人曾經說過，從前德川家康欲將江戶城建設成有四神相應、山川道澤圍繞的風水都市，而其中的川就是一級河川隅田川。流水在五行中力量強大，使得那一帶對玄武非常有利。

然而北方區域說穿了就是玄武的主場。只要不離開這地區，潔絲特的劣勢一樣不會改變。對於能夠使用土系魔法，屬性上剋制玄武的潔絲特而言，能將劣勢減到最低的要素就在池袋。

那就是能用來製造魔像的巨大建築。

雖然原先的北區十條台是台地地形，地底下有大量土壤，但卻全是充滿「水」氣的土。

先前的魔像之所以無法造成有效傷害，反而被玄武輕易破壞，原因就出在這裡。
不過……
池袋「水」氣較少，地名又是豐島區——而島是由「土」構成。要和屬「水」的玄武交戰，這裡應該最為合適。
——避免積極戰鬥，以拖待變的消極戰法其實不是不可行。
一如刃更的忠告，玄武確實相當強大。再加上這個結界是以四神構築出的神性空間，像潔絲特這樣純粹的魔族難以發揮力量，剛開戰就讓她深刻感受到自己是多麼不利。
然而——北方區域與刃更和斯波戰鬥的中央區域相連。當在其他區域戰鬥的澪她們打倒各自對手而前去與刃更會合時，都會經過這個區域。所以等她們經過再聯手打倒玄武或許是個良策。
——但這不會是潔絲特的選擇。
因為那會使她成為真正的累贅。
刃更等人前往「村落」時——潔絲特和萬理亞無法同行。
當然，那是因為魔族進村會刺激勇者一族，對刃更等人造成負面觀感。他們是出於無奈才下那樣的決定，潔絲特也能理解、接受。
可是……

第②章
四神過後

自己在關鍵時刻沒派上任何用場仍是事實。
如今豈有再等人來支援的道理。
並不是只有潔絲特一個人需要與四神戰鬥——為了讓刃更儘快趕到斯波所在的中央區域，每個人都選擇分別留在各個區域對抗四神。
「所以我怎麼能夠……有那麼窩囊的想法呢。」
就在潔絲特如此囈語時——從夜空降下的黑色巨物轟隆一聲，落在她所在的池袋車站東側，池袋地標之一——
太陽城水族館。
受衝擊而大量湧出的水——全被牠吸入體內，轉為力量。
「——玄武。」
池袋車站上方——停佇於空中的潔絲特，看著擁有巨大力量，掌管北方的四神。
只屬於她的敵人。
【————】
龜與蛇——構成玄武的兩頭靈獸，雙眼也鎖定了她。
潔絲特造出新的魔像，準備應戰。
這次是兩具——之前讓一具魔像獨力對付龜的防禦與蛇的攻擊而輕易遭毀，這次可不能重蹈覆轍。

於是潔絲特製造了全身披甲手持劍盾，一藍一白的騎士。

基礎原料是選自「西武池袋總店」和「東武百貨」。

「——出擊。」

她帶領著如此誕生的「西武」、「東武」兩具魔像，並在這麼說的同時振翅飛向玄武。

為分出勝負展開突襲。

同時操縱兩具魔像不單純只是雙倍消耗。而是要付出雙倍魔力製作，以及雙倍魔力來控制，必須消耗四倍的魔力和精神。

所以當然是無法長期維持——既然久戰不利，就只能速戰速決。

【————】【————】

「西武」和「東武」要追過飛向玄武的潔絲特般，一左一右向前奔去進行夾擊。

——原先單以一具魔像應戰時，完全不堪一擊。

如此的力量差距，並不是單純多加一具就可以逆轉的。

可是——當「西武」和「東武」同時進攻時，卻造成了不一樣的變化。

它們開始逼退玄武了。

【————！】

第 2 章
四神過後

面對兩具魔像的斬擊風暴，玄武陷入單方面的防禦戰。事實上，「西武」和「東武」的攻擊力並沒有因為持劍而大幅超越前一具魔像，壓制是來自於戰術選擇的不同，以及攻擊性質的變化。

玄武是以龜與蛇各自分擔攻擊與防禦，「西武」和「東武」卻是各持劍盾，同時進行攻防。換言之，玄武只有一種攻防型態，魔像卻有四種。

而且玄武乃是由兩頭靈獸組合而成，蛇與龜同時有自己的思想。當他們遭遇的狀況不斷改變，判斷就會逐漸出現誤差，難以抓準反擊時機。當然，假如對上的是一大群烏合之眾，牠還是能夠一口氣掃平；但同時遭遇兩個與自己同等大小的對手，狀況就完全不同了。

另一方面——「西武」和「東武」純粹是聽從潔絲特的命令行動，意識統一，不會發生混亂。

不過蛇身依然是條長鞭，若使出上次那樣的攻擊，「西武」或「東武」就算架了盾也一樣難以承受吧。那種鞭擊的威力就是如此巨大。

但是……

潔絲特相信牠使不出那種招術。

這就源自第二個原因——攻擊性質的變化。

潔絲特讓「西武」和「東武」以劍為武器，自然有她的道理。這是她見到蛇的鞭擊後掌握了其特性而作的應變措施。以柔韌蛇身使出的超高速鞭擊雖然威力驚人，但也有其風險。

因為……

只要遇上豎起銳利刃鋒的對手，那種攻擊就等於讓對手切斷自己。

如果是負責防禦的龜撞過來，劍就會為之粉碎；可是負責攻擊的是蛇，牠的身體並沒有那種絕對性的防禦力。

「………………」

潔絲特站在池袋最高的摩天大樓太陽城樓頂，望著自己所操縱的「西武」與「東武」和玄武的戰況，心想——一切已準備就緒。

接下來……

就是算準時機，完成最後一步。

但在她已能看見結局時，地面上的戰鬥忽然出現變化。

【————】

最先出現的是玄武洪亮的高聲吼叫，緊接著——

「那是……？」

潔絲特驚愕地見到以玄武為中心發生的急速冷凍現象。池袋一角轉瞬間覆滿冰霜——連同玄武身旁的「西武」和「東武」。

第2章 四神過後

【————】

將潔絲特的魔像變成冰雕後，玄武緩緩抬頭望來——才剛這麼想，那巨物已逼至眼前。

「————！」

潔絲特倉皇向正上方飛起，勉強避開玄武的撞擊，但是——

……啊……

可能是在她閃躲的同時就一口氣伸長了脖子吧。

潔絲特躲避的方向——上方，巨大的蛇張開血盆大口直撲而來。

玄武一次噴盡自己所能操縱的水，將自己彈上天空。

——敵人見過牠之前的攻擊後，並給魔像加把劍作為對策。

於是玄武連續使用對方沒見過的招式。對方很可能以為玄武起飛需要發射台，很容易出其不備。

然而那兩招的消耗都十分劇烈。敵人曾用分身騙過玄武一次，所以玄武這次為避免再犯同樣錯誤，特地確認過真偽。等到確定待在這附近最高建築頂端的人就是真身沒錯，玄武便彈出了自己，並將對手能即時躲開納入考量。

那就是——以蛇口吞噬對方，並在入口瞬間凍結咬碎。所以蛇盡可能將嘴張到最大，不讓敵人有路可躲——

【————？】

但下一刻，自己身上的狀況讓牠吃了一驚。

其一是以超高速彈射進行突襲的巨大身軀竟然停在空中。

其二則是為吞噬敵人而張開的嘴閉不上了。

為什麼——眼前的輕細聲音將答案告訴了他。

「——我知道你遲早會丟下那兩具魔像，直接攻擊我。」

說話的是飄在同樣高度空中的褐膚女子。

「也知道你懂得鞭擊有什麼風險，開始避而不用之後會用什麼方法來攻擊我。」

因此——

「我就利用了你的攻擊——來打倒號稱有絕對防禦的你。」

玄武已親身體會女子的話是什麼意思。

為什麼自我彈射突襲卻遭到阻擋、為什麼嘴巴會無法閉上。

兩者都是受到同一個狀況的影響。

阻卻玄武兩段式攻擊的——是變形之後的超高層建築。女子原先所站的白堊巨塔，所有鋼筋水泥全都變成了沙，並急速灌入玄武蛇口，直流體內。之所以閉不上嘴，是因為沙流密度極高，憑蛇嘴的咬力根本無法咬合所致。

——不，對方所做的恐怕不只如此。

這棟大樓固然巨大，但單單使用它的土實在不太可能阻止玄武的衝撞。即使有「土」能掩「水」的相剋屬性加持也一樣。

玄武可以肯定——女子恐怕為了阻止自己的衝撞，而將大地與建築融為一體。

這舉動還有另一個目的，那就是轉守為攻打倒玄武。玄武的絕對防禦，僅是針對外來攻擊而言，來自內部的攻擊就防不了了。

所以她想用玄武無法容納的沙——剋「水」的「土」灌入玄武體內，從內側炸了牠。

【————！】

當龜體正在說「休想！」似的試圖吐出體內的沙——

「——沒用的。」

然而玄武龜口一張，敵人也開始從那裡灌沙。

沒多久，某種刺耳的嘎吱聲開始響起。玄武的甲殼逐漸包不住不斷膨脹的身體了。

於是潔絲特對全身已無法動彈的玄武說：

「池袋這片土地是以前填塞大塘而來的……就某方面而言可說是滅水而成的土地。要剋制你的力量，沒有比這裡更好的地方。」
而且——
「……我是刃更主人的侍女，絕不能在這裡成了你的晚餐。所以——」
女子對玄武宣告：
「你就吃這裡的土吧——不要客氣儘管享用，吃到塞不下、滿出來為止。畢竟我的主人，要我好好招呼你。」
流入龜與蛇——玄武雙口的沙，如刺柱般將牠定在夜空。當極限一秒一秒逼近。潔絲特以無比平淡的語氣說：
「而這就是我這刃更主人的侍女——所能為你提供的頂級款待。」
話一說完，猛灌的沙土超越玄武承受極限，由內撐破甲殼轟然爆散。

10

西方區域，萬理亞應付雷基翁之餘不斷窺探使用王牌的時機。
成瀨澪也同樣在砧公園——東南角的棒球場上與白虎交戰。

守護西方的白虎屬「金」，從擅用火系魔法的澪看來，是可以剋制的對象。

然而戰鬥之所以拖到現在，是由於與萬理亞不同的狀況使她面臨苦戰。

——她的魔法並不是沒用。

與現任魔王派決鬥時，澪以火焰魔法直接蒸發了路卡所操縱的高等戰術英靈的肉體而得勝。從魔界歸返以後，和刃更在一個屋簷下生活的她，又和其他少女一起被刃更屈服了好幾次。

所以澪現在的魔力，無疑強過了決鬥當時。雖然這裡是透過「四神」構築的神性空間，繼承魔族血統的澪魔法威力受限，但威力也應該足以對顯化的白虎造成有效傷害才對。

「————！」

於是澪接連對白虎施放火焰魔法，然而——

【————】

無論是連射的火球、從牠腳底的地面竄起的火柱還是從天而降的無數燄槍，都傷不到白虎分毫。

——原因在於速度的差距。

白虎的反應速度完全在澪的魔法發動速度之上，讓牠能輕易閃避。如果使用無路可躲的廣域魔法呢……很可惜，根本不能用。

因為白虎堅守著內野場地，幾乎沒有離開。

而其中央──牠的本體靈槍「白虎」就刺在投手丘上，要是妄自使用廣域攻擊──

……說不定會傷到靈槍本身。

這個空間是由神器「四神」所構築的，假如神器「白虎」本身有個萬一，很可能會像先前巴爾弗雷亞拔除「白虎複製品」那樣，使結界崩解。

要是變成那樣……

斯波以內部方位逆轉的方式張設結界，將整個東京作為人質。一旦結界解開，其他「青龍」、「朱雀」和「玄武」將會立刻發狂。在最先遭遇的東方區域，神器「青龍」應該也在江戶川某處，但不知實際位置。

南方區域的「朱雀」和北方區域的「玄武」也一樣，不像「白虎」就刺在一目了然的地方。一旦四神進入失控狀態，便可能無法即時處置。而在他們尋找解決辦法時，東京便已遭受嚴重毀滅，化為火海。

然而廣域攻擊行不通──澪也不能主動縮短距離。

【──────】

白虎抓準澪攻擊的間隙巨吼一聲──身上射出無數的半月形刀刃，以各自不同的路線從四面八方向澪飛去。

「——唔！」

澪被迫進行防守，部分以火球抵銷，其餘則是用火牆蒸發殆盡。距離夠遠的話還有時間反應，貼近可就不行了。雖然可以用火焰包覆全身向白虎突襲，同時進行攻擊與防禦——

……不過。

白虎連突然出現在腳底下的魔法陣都避得開，反應速度肯定比澪的飛行魔法更快。

因此，澪只能設法以最精確的攻擊打倒白虎。

「……真是有夠難搞。」

澪呻吟似地開始覺得自己真的不太適合對付白虎。她基本上戰鬥都是遠離對手，以強力魔法攻擊，並不擅長對付速度型的對手。

剛認識刃更那時候——在東城家客廳，澪要刃更離開時被他瞬時逼到面前，拿布倫希爾德指著。

在這次斯波事件之前，對戰在長老許可下攜帶靈槍「白虎」的少年——早瀨高志時，澪即使有萬理亞幫助也只有爭取時間的分。

當然，當時她還十分缺乏實戰經驗。

然而——澪依然忘不了當時的無力感，以及對自己只能受人保護的懊惱。

沒錯……

澪從棒球場中瞥向西方——在視野最邊緣見到萬理亞正在對抗巴爾弗雷亞召喚的無數怪物。雖看不見巴爾弗雷亞，但他應該就在附近。光是擁有甚至能解除自身存在的能力，以及能無止境召喚怪物的魔法，就已經足以構成嚴重威脅，他還是曾任現任魔王雷歐哈特副官的高階魔族，絕不是省油的燈。

——過去，成瀨澪不曉得被萬理亞救了多少次。

打從養父母遇害，差點被佐基爾抓走那時起，澪的肉體和精神一次又一次地受到萬理亞的幫助——可是，反過來呢？

澪可曾幫過萬理亞？無論何時萬理亞都是跟隨、扶持著澪。在這份上，誰也比不過她。

但實際幫助萬理亞的人總是刃更……無論在佐基爾事件中因母親成為人質而備受煎熬，或是在魔界遭露綺亞追究抗命責任時，澪都是什麼忙也幫不上。就連潔絲特住進東城家，使萬理亞害怕再也沒有人會需要她時，也是刃更安撫了她，澪和潔絲特都只是在旁唱和而已。

所以——

「——就是現在了吧。」

成瀨澪心想——現在自己一定要成為萬理亞的力量。

然後兩人一起……不，大家一起趕到刃更身邊。

「等著吧——」

第2章
四神過後

於是成瀨澪如此宣告——對必須打倒的白虎，也是對自己。

就在澪發動魔法的下一刻。

一陣高速旋轉的狂風以澪為中心轟然颳起。

因而誕生的，是席捲棒球場沙土的黑色漩渦

龍捲風。

靈獸白虎見到眼前敵人展開了一整片沙暴漩渦。

應該是為了對自己發動下一次攻擊吧。

——可是，守護西方的白色靈獸一點也感覺不到威脅。

敵人操縱的風在五行中屬「木」——而白虎的「金」可以斷「木」，屬於相剋。而且她捲起的沙塵屬「土」，旺白虎的「金」。只要白虎施放「金」屬性攻擊，肯定能切開那道風，金屬之刃也會因吸收「土」之力而強化，一舉斬殺敵人。

因此，白虎立刻付諸實行——但有件事卻在牠出擊之前發生了。

世界被白色光芒蓋滿，還有巨大的爆裂聲。

——不過那只是副產物，源自落在龍捲風中央的巨雷。

恐怕——不，那肯定是敵人的招式。見到帶電且出現電漿的龍捲風，白虎一時想不通對方的意圖，但牠很快就親身理解到目的為何了。一股看不見的強大力量使白虎巨大的身軀浮上空中，猛然拖向敵人製造的龍捲風。

速度之快甚至接近牠閃避敵人魔法的爆發力。

【——————！】

即使想停下來，浮在空中的腳搆不到地，根本就無法使力。雖然也嘗試著以魔法在前方製造金屬牆，想藉衝撞來停下，卻也無濟於事。因為就連那面鋼鐵之牆，也一起被吸進漩渦裡了。

【…………】

於是，齜牙咧嘴的白虎從全身長出尖銳的金屬。

既然無法阻止，不如將自身肉體化為萬刃，利用這引力斬斷敵人。

轉眼間——就在撞擊漩渦之前，白虎的眼看見了。

原本一片漆黑的龍捲風轉為鮮紅。

——同時，吸引白虎的力量消失了。

但被吸上空中的白虎繼續隨慣性移動，無法停止。

白虎的巨大身軀一頭撞進漩渦，不出一點聲響地消失了。

直接蒸發。

成瀨澪為了將白虎拉向自己，使用的是——磁力。

第一步，是以魔法在身旁製造龍捲風。

颳起含有鐵沙的球場沙土捲成線圈，並在漩渦中心對自己使用風系的雷擊魔法，將自己變成強力電磁鐵，把能從體內無止境製造金屬的白虎強行拉近。

無論風雷都是屬「木」，受白虎所屬的「金」剋制——然而「木」同時也與「火」相生，能藉由燃燒加強「火」力。

所以在白虎接觸漩渦前，澪用了熾燄魔法，將龍捲風轉變為超高溫漩渦，白虎的肉體在接觸瞬間就完全蒸發。

「呼……」

戰勝白虎後，澪吐著氣解除魔法。

……這麼一來。

就完成刃更所託付的一項任務了。

——但這場戰鬥還沒結束。

當澪想到戰鬥仍在持續而打算動身的那一刻——

『——澪大人！』

遠處萬理亞的呼喊，使澪下意識地轉過身去。

而這也讓她晚一步察覺，萬理亞不是要祝賀她的勝利，而是為了警告。

澪跟著見到了萬理亞呼喊的原因。

與萬理亞交戰的其中一隻畸形怪物已來到她面前，揮下它巨大的右拳——眼看就要轟在澪身上。

11

見到澪面臨危機的瞬間。

萬理亞的心理霎時進入極限狀態，思緒狂飆。

——她的呼喊，算是趕上了最後一刻。

可是那樣還不夠，平時的澪還來得及反應，她的魔法也能輕鬆解決任何一個雷基翁。

但現在的澪為了擊敗白虎，才剛對自己使用雷擊魔法，反應較為遲緩，且難以集中意識使用魔法。
澪不在他處製造龍捲風再打下雷電，而是選擇以自己為中心，應該還有防禦的目的在。
假如人在龍捲風之外，且白虎的攻擊——例如將刀射到龍捲風與澪背後的延伸線上，那麼澪很可能會被受到強烈磁力吸引的刀斬成兩段。
然而，也不能為了這個危險而張設火焰護壁。
這西方區域屬「金」，與屬「木」的風或雷系魔法相剋——為了將其威力推升到足以強行拉動白虎，非得將防禦降到最低限度不可。
那是以苦肉計換來的完勝。
……糟了！
萬理亞中雷基翁一拳還不打緊，澪可就不同了。
在沒有防備的狀況下受創，一擊就有可能致命。
——不過巴爾弗雷亞命令雷基翁偷襲也不算卑鄙。
畢竟這是實戰。恐怕巴爾弗雷亞也為澪和白虎的戰鬥結果作出了各種預測。
而且——由澪對戰白虎和萬理亞對戰巴爾弗雷亞是她們自己的安排，對方可沒必要乖乖配合她們的需求。對巴爾弗雷亞而言，萬理亞和澪都一樣是要阻止斯波達成目的的敵人。
因此——要怪只能怪巴爾弗雷亞的對手。

讓那個男人有餘力偷襲澪的人。
使澪急著與白虎分出勝負的人。
令她不得不涉險的人——萬理亞。
……該怎麼辦？
萬理亞心裡霎時一急。現在趕過去也來不及了。
更沒有時間用鑰匙解除封印。
可是她依然要解救澪——她不可或缺的家人。
不計一切代價。於是——
「！……啊啊啊啊啊啊啊啊啊啊啊啊啊啊啊啊——！」
成瀨萬理亞下意識地高聲怒吼，往地面揮出右拳。

……無謂的掙扎。
以惡魔瑞斯的能力消除自身存在的巴爾弗雷亞，看著萬理亞發出冷笑。
萬理亞人在廣場，與棒球場的澪間距絕不算短。
無論她這拳威力再怎麼強，在地面傳遞的過程中都會減弱。

應該破壞不了那個雷基翁。

……再說，就算奇蹟發生，力量足夠毀掉它。

雷基翁的拳也會在萬理亞的衝擊波抵達前擊中澪。

確定來不及後，巴爾弗雷亞判斷澪已經被擊倒，打算命令雷基翁趁隙攻擊萬理亞時——

「——？」

卻突然見到意想不到的景象。

萬理亞擊向地面的拳沒有引發衝擊波。

——取而代之的是鮮紅光輝。

緊接著，一陣巨大的鮮紅波動以萬理亞為中心向外擴散，其範圍內——圍繞萬理亞的雷基翁全被看不見的力量壓碎。

包含偷襲澪的個體在內，一個不留。

「難道……」

巴爾弗雷亞知道那是什麼樣的力量，所以才如此驚愕。

成瀨萬理亞——竟然使用了重力魔法。

「萬理亞……？」

爾後，澪也發現到自己已經得救，並為萬理亞發動的力量愣得目瞪口呆。

視線彼端，萬理亞保持著趟地動作抬頭看來。

『……澪大人……太好了……』

只見她帶著微笑，嘴唇呢喃般微微挪動——那嬌小的身軀就頹然向旁一晃。

「——萬理亞！」

於是澪急忙發動飛行魔法。

如同先前萬理亞為她發出警告，澪也趕過去救她。

「————！」

並在小小的萬理亞幾乎倒地前抱住她，將她緊緊摟進懷裡後注意周圍提防敵襲。

不過——再也沒有新的雷基翁出現。巴爾弗雷亞可能是認為自己同時對付澪和萬理亞太不利，先撤退了。

澪稍微放鬆，注視懷裡的萬理亞。

「…………」

不知是釋放強大力量的代價，還是因為澪得救而過於安心，萬理亞已經昏了過去。

「可是……她怎麼會……？」

見她呼吸平穩，澪鬆了口氣後如此自問。
可惜現在沒人能回答她。
年幼的夢魔為了保護澪而使盡力氣，陷入昏迷。
她的周圍——砧公園地面，則是多了一個巨大陷坑。

12

中央區域，刃更與斯波再度交戰，戰況也與先前不同。
刃更改變了戰術。
「氣功格鬥士」斯波不僅能吸收「氣」，還能打入對手體內。為對付這樣的敵人，刃更選擇的是以「消滅波」為主的中距離戰鬥。
假如斯波和先前轟散大樓時一樣擊出氣功波，便能夠閃避或以消滅波迎擊。
不過情勢並不會因此就對刃更有利。
斯波以雙手擊出的「氣」甚至能打偏刃更釋放的消滅能量，即使能破壞斯波周圍，對他本人也造成不了任何傷害。

刃更想保持距離，斯波卻想逼近——時間久了，戰場必然有所移動。從鳥瞰圖看來，像是刃更節節敗退。

——但是，東城刃更卻認為這反而好。

這樣的戰術、轉移戰場，都是為了打倒斯波所做的準備——布局。

不久。

刃更裝作無路可走，引誘斯波進入某條道路。

那是由東往西，從市區直達增上寺正門前的參道——大門路。

從位置來看，轉身的刃更在西，追來的斯波在東，隔街對峙。

不過他們交錯的視線，卻是刃更仰望，斯波俯視。

這是因為刃更在地面奔跑，斯波在周圍樓頂跳著追趕的緣故。

此刻，刃更背對增上寺的舊前門站在參道上，斯波則是位在世貿中心大樓與文化放送社樓——Media Plus之間的聯絡天橋上。

「喔……原來如此。」

成功製造出這個狀況後，刃更見到佇立於天橋之上的斯波看穿他意圖般輕笑著這麼說道。沒錯——這個位置可以限制斯波的攻擊。斯波八成也不希望增上寺或東京鐵塔遭到破壞，使得中央地區的「土」屬性變調而破壞結界。

第②章 四神過後

雖然結界一毀，配置逆轉的四神就能破壞東京，但那終歸是他的最後手段。如今斯波所需要的，應該是驅逐刃更等人，以相生吸收「氣」——使自己的力量變得更加堅不可破吧。

因此，斯波在那個位置難以對刃更放出「氣」的洪流。

——可是，這個狀況有個大缺點。

這場戰鬥中——只有刃更想急著分出勝負。斯波能藉五行相生吸收「氣」增強力量，根本沒必要追著他跑。

而他之所以追來，除了雙方實力差距讓他有絕對自信之外——

還可能是因為……

刃更的去向有增上寺和東京鐵塔，斯波也不樂見它們遭到破壞吧。

然而，刃更自己也不希望配置逆轉的「四神」破壞東京。正因為如此，刃更即使在使用消滅波時，也是背對能夠抑制「內鬼門」的增上寺與空間中心東京鐵塔，以免破壞它們而影響結界。

然而——既然刃更得背對增上寺和東京鐵塔，斯波就能利用這一點。

因為不必擔心增上寺和東京鐵塔遭刃更破壞，斯波就不必留在對自己不利的地方戰鬥。

不過——刃更的計畫也只能做到讓斯波這麼想為止。

「————！」

下一刻，東城刃更動身了。

向前方——向斯波全速疾奔。

13

斯波恭一見到刃更開始向他奔來。

……喔？

斯波心想：這是怎麼回事？

——刃更應該已經多少察覺到他的能力是「氣功術」了才對。

所以之前才會改變戰術，開始保持距離。來到這條路上，也應該是為了取得更容易拉開距離的位置。

可是他……

現在卻主動縮短距離。

刃更不是那種會不顧後果，玉石俱焚的人。即使看起來像，也一定有其他用意——也就是說這樣做能夠幫助他取得勝利。

——那麼，那又會是什麼呢？

答案很快便就在斯波眼前揭曉了。

刃更在地面向他奔來的途中，突然發出鮮紅氣場——轉瞬間，他的身影消失不見了。

14

東城刃更爆炸性地加速了。

他在疾奔中以腳底發動的反作用力，使他進入甚至能遠遠拋下音波的超神速領域。

也就是將對戰賽莉絲時所使用的「萬有斥力」應用在這一刻。

——他面對的是實力高於自己，還可能藏有強大招式的敵人。

要戰勝他，就必須施展讓他來不及展現實力和招式的快攻。

刃更瞬時逼近人在天橋上的斯波眼前，瞄準身體從右下往左上揮劍。

「——打倒賽莉絲用的力量啊。」

而他首先是聽見斯波的聲音，再見到他嘴邊的笑容，然後——

目睹他手掌到肩膀散發金色粒子，覆上一層鎧甲。

擁有神聖的光輝，造型卻帶著邪氣。

……就是這個嗎！

刃更的直覺立刻告訴他，這臂甲就是斯波的祕密武器，同時也發現他雙手臂甲上——形似排氣孔的部位，噴出了大量的「氣」，之前轟散大樓的那股氣根本完全無法比擬。是認為空手抵擋不了以「萬有斥力」所推動的超神速劍擊吧。

從斯波伸出雙手的架式看來，他是想用左手卸轉攻擊，再以右拳攻擊。要是被他灌注那麼龐大的氣，刃更當場必敗無疑。可是——

「喝啊啊啊啊啊啊啊啊啊啊啊啊啊啊！」

東城刃更依然毫不在乎地斬出了布倫希爾德。

於是斯波也理所當然地以滿覆「氣」的左手卸轉他的斬擊。而在左臂甲「氣」的奔流接觸布倫希爾德劍身那瞬間——

「————？」

斯波露出訝異表情——原因發生在刃更與斯波之間。

左臂甲發出的「氣」消散了。

是由刃更斬出的「無次元的執行」所造成的。

斯波知道刃更的狀態已經恢復到能用「無次元的執行」。

多半也曉得「萬有斥力」是他的絕招。

然而刃更在這樣的局面之下之所以還是能成功出其不意，是因為他現在只用單手握持布倫希爾德。

——原本，「無次元的執行」是必須兩手才能使出的招式。

斯波肯定能料想到刃更會在關鍵時刻使用「無次元的執行」，所以特別注意他從單手改為雙手的那一刻。

因此刃更才會用單手使出了「無次元的執行」。

——這並不是臨時的賭注。

在魔界戰勝現任魔王派之後，依然對他抱持敵意的敵人肯定會格外提防「無次元的執行」，深入研究。為了對付這類敵人，刃更不斷進行祕密特訓，尋找單手發招的方法。如今即使無法以斬斷天元完全消除目標，不完全的「無次元的執行」也足夠彈散目標。

雖然與長谷川締結契約而使得靈子失衡，無法在對戰賽莉絲時使出——但現在也因此給了他對斯波造成有效一擊的機會。

於是——

刃更藉由單手使出的「無次元的執行」彈散了包覆斯波左臂甲的「氣」，迫使雙方武器直接撞擊。

結果，金屬與金屬之間激發出了歪曲的尖銳劇響。

武器強度幾乎同等——刃更的斬擊應聲彈開，原本要以「氣」卸轉攻擊的斯波也因為以不同方式承受攻擊，架式同樣遭到破壞。

然而——

「——不好意思。」

眼前，斯波帶著笑意擊出右拳——他從一開始就算好了這樣的二段攻擊。

接著。

右臂甲與遭「無次元的執行」彈散「氣」的左臂甲不同，纏滿了龐大的「氣」。

「————！」

見到斯波的攻擊，處於被動的刃更再度發動「萬有斥力」，在布倫希爾德劍背產生反重力，加速他的反手橫斬——不僅如此。

如同斯波將「氣」纏於右臂一樣，刃更也在布倫希爾德劍刃上凝縮「萬有斥力」的反重力。因而產生出能夠反彈任何物理或魔法攻擊的絕對防禦，以及藉反重力施放的範圍攻擊，可謂攻防兼具的一斬。

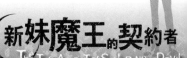

「喔喔喔喔喔喔喔喔喔喔喔喔喔喔喔喔喔喔喔喔喔喔喔喔喔喔喔喔喔喔喔！」

東城刃更喉中爆出裂帛之嘯，極力揮斬布倫希爾德——雙方的交擊震出砲擊般的巨響，彈飛其中一方。

刃更見到斯波的身影瞬時遠去。

——但水平飛出去的並不是斯波。

而是他自己。

「呃啊啊啊！」

連思考為什麼的時間也沒有。

刃更從天橋上向西直飛，撞毀參道上的舊前門以及路底的三解脫門，一路飛進了增上寺院。

最後撞進雄偉的正殿，震飛其中一切。

15

爾後。

即使正殿遭毀而揚起的塵埃全都落定，東城刃更也依然倒地不起。遭到斯波臂甲——其釋放的龐大「氣」痛擊，完全奪去了他的行動自由。
「唔……呃、啊……！」
刃更趴在地上痛苦地呻吟掙扎，身邊全是他撞毀的正殿瓦礫碎木。
「雖然你好像發現到我能操縱『氣』……可是卻想錯了方向呢。」
斯波穿過刃更撞毀的三解脫門，邊踏上正殿前的階梯邊說：
「無論是放出『氣』還是直接打擊，都算是物理攻擊的一種，所以你對用了和賽莉絲交戰時那種可以彈開一切物理或魔法攻擊的絕對防禦。」
可是呢——
「你那種能力……是用從你母親——也就是前任魔王的妹妹那邊繼承而來的重力系能力，配合被布倫希爾德吸收靈子的樞機院大老魔力使出來的吧？」
「！————？」
聽斯波笑著說出完全看穿「萬有斥力」原理的這番話，依然倒地的刃更錯愕一顫。
「看樣子，你還是搞不懂為什麼我能看穿是吧……不過這也是應該的。因為你多半認為『氣』和『魔力』不一樣吧？這可以說對，也可以說錯。」
要知道喔？
「『氣』存在於萬物之中，『魔力』裡也有『氣』。說穿了，『魔力』也只是『氣』的

第②章 四神過後

一種……而你使用的絕對防禦當然也有『氣』。」

然後——

「裝備這雙魔拳之後，我可以把『氣』灌進任何具有『氣』的東西裡。所以你那可以彈開一切的魔力絕對防禦，和我這雙能對任何東西灌注『氣』的魔拳之間這場矛盾對決，是我的拳贏了。」

「…………！」

刃更竭力試圖挪動肢體，心想——現況總之就是兩人絕招較勁之後，自己趴在地上不得動彈，斯波卻能站在一旁冷笑。

——但這也讓他想不通一件事。

破壞增上寺——東京「內鬼門」的抑制力，中央區域的「土」屬性就可能嚴重失衡。而斯波能感知「氣」的變化，應該早就察覺顯化的四神已經被澪她們打倒了才對。

在結界內東西南北五行減弱的狀態下，屬「土」的中央出現嚴重失衡，也將導致結界整體失衡，失去相生效果。

而且——

憑斯波的能力，應能任意控制擊飛刃更的方向。

所以——他是故意利用擊飛刃更之便破壞增上寺。

——這是為了什麼？

隨後，東城刃更直接聽見了答案。

「——還挺順利的嘛。」

當斯波加深笑容這麼說之後。

附近一帶——逐漸發出金色光芒。

16

打倒青龍後——野中柚希立刻開始移動。

目標當然是刃更所前往的中央區域。

接著在西方區域與擊退了白虎和巴爾弗雷亞的澪和萬理亞會合後，澪揹著萬理亞使用飛行魔法一口氣趕向南方。

雖在南方沒見到胡桃，不過既然朱雀也消失了。她們判斷胡桃應該已經先走一步，繼續往北前進。

北方地區，潔絲特與玄武的戰鬥也已經結束——三人繼續趕路，並在中央區域的界線前發現胡桃和潔絲特。

——可是，為彼此平安無事高興也只有一下子。

胡桃和潔絲特並不是在此等待柚希等人。

那麼她們為何沒有趕到刃更身邊去呢——柚希很快就親身體驗了原因。她向眼前的空間界線伸手，卻遭到彈開。原本應該可以通行的空間界線，此時如結界般隔絕了她們。

「那就——！」

柚希喚出「咲耶」，抽刀就是一斬。

那是近似拔刀術，刀勢無可挑剔的至高一擊，可是斬在眼前的空間界線上卻只有被完全吸收，連點聲響也沒有。

「我和胡桃小姐都用物理或魔法方式試過了……這恐怕和隔絕東西南北之間的是相同障壁。」

「這麼說來，連我的重力魔法也影響不了了吧……」

聽了潔絲特說明，抱著萬理亞的澪扼腕地說道。

「——可是我們也不能在這裡咬手指乾等。」

柚希幾個也對她帶有堅強意志的眼神頷首。

刃更就在牆後——所以自己無論如何都得過去。

於是她們開始討論該如何進入中央區域。

「中央屬『土』，要用東方的『木』來剋吧……不知道能不能從那邊來干擾。」

潔絲特回答胡桃：

「可是東方和中央區域交界的空間遭到扭轉，和西方區域相連。會不會干擾不到，而是直接穿到西方去呢？」

澪搖搖頭。

「一般攻擊或許是真的會直接穿到西方，不過我的重力魔法可以影響次元本身，說不定能在扭曲的空間上開個洞。」

「……我想不要那樣做比較好。」

柚希對澪的提議搖了頭，眾人視線也自然聚在她身上。

於是她說出反對理由：

「強行干擾扭曲的空間，不曉得會發生什麼事。如果只是能進中央就還好，要是扭曲的部分引起連鎖反應消解了，可能會產生破壞中央區域的次元震盪。」

她緩了一口氣後說道：

「嚴重的話，也可能破壞這個結界本身。」

然後造成配置逆轉的四神失控。

第②章
四神過後

由於自己等人就是為了避免這個狀況，好不容易擊倒顯化的四神，豈有在此盡棄前功的道理。

「這樣啊……抱歉，我還以為那會是好方法。」

胡桃懊喪地垂下頭，柚希手拍著她的肩膀說：

「別難過，妳也讓我想到一個好辦法。」

「！——真的嗎，柚希小姐？」

潔絲特明明極為替刃更擔憂，坐困牆前的時間卻比任何人都久，如今已經急得快受不了了，激動到衝上前來這麼問道。

「嗯……應該沒問題。」

同樣也想儘快趕到刃更身邊的柚希點點頭。

「首先要——」

但才想說出想法，話卻突然停了。

因為她在中央區域——空中，見到某樣東西。

她的異狀也讓澪等人往同樣方向望去。

「————」

並在見到柚希所見時大吃一驚。空間界線後方——聳立於中央區域的東京鐵塔，不知何時發生了異變。

那紅白相間的電波塔，盤繞著一頭宛如純金所構成的黃色巨龍。

17

在金黃色的光輝中，東城刃更感到一股脈動流過全身。

……這、這是……？

刃更體內氣流完全遭到破壞，甚至內臟也嚴重負傷，心跳劇烈紊亂。

可是他感到的脈動並非來自心臟。它節奏規律，而且是來自下方——地面。

彷彿大地的胎動。

接著，東城刃更勉強抬頭，見到發生了什麼事。

——那就是斯波真正的目的。

一頭黃色的龍，將牠巨大的身體纏繞在逾三百公尺高的擎天鐵塔上。

「那……難道是……」

想到那可能會是什麼，使刃更呻吟著這麼說。

第2章
四神過後

「沒錯——就是『黃龍』。你也知道那代表什麼吧？」

斯波所說的，是堪稱四神之長的神獸。

——四神是守護東西南北四頭靈獸的總稱。

他們不僅象徵方位，也象徵季節。東方青龍為春，南方朱雀為夏；西方白虎為秋，北方玄武為冬。

方位與季節——都是以四為數，所以才有四神的出現。

——可是，五行是能套用在世間萬物的思想。

四神中青龍屬「木」，朱雀屬「火」；白虎屬「金」，玄武屬「水」。

因此，五行也造成了第五位、第五季的存在。

——方位為中央，在四季中為「土用」。（註：指立春、立夏、立秋、立冬前十八天）

這頭象徵皇帝權威的龍屬「土」，能掌控廣布大地的地脈，能使死斷層或死火山再度滑動、噴發，擁有至高權威。

而且，範圍不僅止於日本。因為「土」指的不僅是地面，而是大地——簡單說就是整個地球。

地脈形同遍布地球整體的血管，只要黃龍一個不高興，影響範圍將涵蓋整個世界。

……原來是這麼回事。

若是利用黃龍，的確是可以不必遠渡重洋，在日本就直接攻擊地球另一邊的「梵蒂岡」或管轄其他地區的勇者一族。

既然斯波想對勇者一族復仇，沒有比黃龍更好的選擇。可是——

「……到底是為什麼……？」

即使全身劇痛而造成呼吸困難，也仍絞盡力氣想爬起來的刃更怎麼也無法相信。因為——斯波現在使用的神器「四神」，並沒有足以使黃龍現身的力量。

五行思想這類自然力量的理論或黃龍的存在，並不是只有斯波才知道的祕密。假如這樣就能使黃龍現身，長老們早就做了，再說「梵蒂岡」等其他地區的勇者一族，也一定不會允許日本「村落」獨占能夠影響全世界的神器。

因此，日本「村落」所持有的四神不是依照五行賦予屬性，而是火、水、土、風四大元素，神器數量也是四。

「村落」和「梵蒂岡」無疑都再三確認、檢討過強行將四神轉為五行的可能性或風險。

然而現在——黃龍卻真真確確地出現在刃更等人眼前。

——可能的原因，或許出在黃龍是權力象徵這點。

在古老中國傳說中，黃龍曾出現在幾位皇帝面前，賜予他力量。

還有……

第②章
四神過後

相傳在日本，以四神相應建設首都的平安時代——宇多天皇在位時，黃龍也出現過。只有少數王者才能獲得黃龍的眷顧，接受其力量。

換言之——

「……黃龍選擇了斯波？」

黃龍提供力量的對象，不是過去的歷代長老或有著英雄之稱的人物……不是人稱最強勇者的迅，而是企圖毀滅勇者一族的斯波？

「別傻了……我怎麼可能把機會賭在那種不確定的事情上呢？」

見到刃更不敢相信的呢喃，斯波笑著說道：

「單就戰力而言，我可能的確是個特例……可是戰力高並不代表會成為帝王那樣的統治者吧？受過黃龍護佑的帝王中，雖然有幾個在武術上也有所造詣，可是以個人戰力來說，比他們高強的部下應該多得是才對。」

不過——

「再怎麼說，黃龍也只會賜給帝王力量……以此說來，『村落』那些長老還比我夠資格多了。」

「那……那為什麼？」

「你還不懂嗎……？」

斯波對思考跟不上的刃更笑得更深。

「黃龍乃四神之長，守護中央的神獸……一旦認為牠的領地陷入危機，現身來保護很奇怪嗎？」

「這……」

斯波的話的確有道理。

……可是。

實際上，這個中央區域並沒有危機存在——因為斯波已經壓制了刃更。在這種狀況下，究竟有何危機可言？

「——？」

東城刃更想到某種可能，立刻採取行動。與斯波開戰以後，他無暇分神給主從契約的定位能力，現在就有機會使用了。接著他發現到，柚希和澪已與北方區域的潔絲特會合——而且還聚在刃更所在的中央地區交界邊，萬理亞和胡桃應該也在一起。這表示——她們已成功減弱結界空間內東西南北五行屬性的力量，也就是他們的作戰計畫順利進行。然而，這對斯波或四神而言當然就是相反狀況。於是刃更在錯愕中問：

「……因為澪她們……打倒了四神……？」

「答對了……判斷這個區域陷入危機的不是你也不是我，是四神本身。下了這個判斷的四神所顯化的靈獸等同他們的分身，卻被成瀨澪和柚希她們全部打敗了……還有什麼比這更大的危機呢？無論我在這裡把你吃得多死，也無濟於事。」

斯波的說明十分合理，一點問題也沒有。

——但也因為如此，反倒更讓人難以接受。

斯波所說的，的確是接近必然會讓黃龍現身的狀況，所以這樣的必然，「村落」的長老和「梵蒂岡」等其他地區的勇者不可能沒有想過。在檢討如何避免黃龍出現的所有可能中，一定也包括了斯波所說的狀況。

然而到底是為什麼？在刃更怎麼也甩不開疑惑時——

「我就知道……刃更，你一直都搞錯了。」

斯波愉悅地說道。

18

斯波恭一對依然摸不著頭緒的刃更說出實情。

也就是黃龍為何現身——其中的奧祕。

「你、長老他們和『梵蒂岡』都只是在模擬『狀況』，所以才會想不通。害怕黃龍的強大力量和影響力，而只從怎麼不讓牠現身的角度來看，就是會有這樣的弊病。」

可是呢——

「我啊，想的卻是該怎麼讓黃龍現身……所以要的不是『狀況』，而是怎麼召喚黃龍的『條件』。」

當世上出現文武雙全的霸主。

當中央陷入必須介入的危機。

四神之長黃龍就會現身。

但黃龍不是在那種時候生成，而是早已存在，並於「條件」滿足時現身。

所以，只要一個個滿足條件到近乎完備就行了。

「我選擇東京鐵塔作為五行結界的中心，並不只是它在東京的建築物中具有特別的象徵性……更是因為它特別地高。」

因為——

「龍棲息於天上，要讓黃龍現身……用降臨來形容比較好吧。如果要讓黃龍降臨，東京鐵塔是再適合不過了。」

所以斯波建造結界時排除了晴空樹。

第2章
四神過後

使東京鐵塔成為離天最近的地方。

「其實，東京鐵塔真的是用適合形容還不夠……簡直是非它莫屬。它不單只是建於都心……這裡在江戶這個五行的風水都市中，也扮演著一個重要的角色。」

斯波說道：

「從你之前的反應看來，你也知道增上寺是用來抑制江戶城『內鬼門』的地方吧？關於『鬼門』為何是凶位有很多說法，最普遍的一個說法就是『鬼』……帶來不幸的東西會從那裡入侵，需要神聖的東西來鎮煞。所以一般認為，上野的寬永寺和這座增上寺就是用來抑制內外『鬼門』……可是他們都錯了。」

事實是什麼呢？

「『鬼門』之所以是凶位，是因為『外鬼門』到『內鬼門』這條是神明走的路線，人不該去阻擋的緣故……神社佛寺的參道也是同樣道理，中央是神的通道，為了讓神明有條乾淨的路可走，所以人要退避到兩旁。」

也就是說——

「在江戶這個為了達到四神相應，而以江戶城為中心建設的五行風水都市裡，神明會從東北一直線地往西南走。那麼假如，增上寺的用處其實不是為了讓神明走得輕鬆，那會是什麼呢？」

如果——

「它真正的目的是為了把進入江戶城——中央位置的『某個神』直接關起來，才擋住『內鬼門』呢？」

「把神關起來……難道……？」

見到刃更詫異的面孔，斯波帶著微笑說出正確答案——真相。

「沒錯……就是黃龍。那頭象徵王權的神龍，其實不只在平安時代的宇多天皇在位時現身過，在江戶時代也有一次，而德川家康成功地把牠占為己有了。靠的就是用增上寺堵塞江戶城的『內鬼門』——神明的出口。到了第三代德川家光，江戶的風水城市機能已近乎完備。於是他下令建造寬永寺堵塞『外鬼門』，讓其他神明無法進入江戶城。因為日本的八百萬神祇當中，有些是會帶來災害或天變地異的凶神……以及所謂『鬼』的東西。」

隨後，家光又藉風水及陰陽道術興建日光東照宮以鞏固江戶北側，也是段知名的歷史故事。

德川家能長年穩操大權，即是拜這些建設之賜。

「而如今，用來拘禁黃龍的增上寺已經毀壞，出口打開了。而東京鐵塔的建地則是從前增上寺墓地的一部分，只要準備這樣容易降臨的狀態和情境，黃龍自然容易現身。」

因此——斯波特地顯化四神，好讓刃更他們打倒。而且還使結界內的方位與現實相反，

第2章
四神過後

利用四神發狂的危險煽動他們的危機意識。

保留增上寺到刃更出現，並到這時候才加以破壞，就是為了等待澪她們擊敗四神，創造使黃龍容易現身的狀況。

「可是這樣還不算十全十美……所以我準備了一個『附身物』。」

「……該不會……？」

「沒錯，就是『聖喬治』。」

斯波對表情愕然的刃更笑了笑。

接著視線轉向東京鐵塔底下——為支撐鐵塔而牢牢定於地面的四個基座，對角線交叉的中心點。

鐵塔正下方的觀光設施「Foot Town塔下觀光城」樓頂，能看見「藍」、「紅」、「白」、「黑」四色氣流往那裡匯聚。

神劍「聖喬治」——多半就插在那裡。

「黃龍所掌管的『土』，是由其他四種屬性匯流而成的……所以能同時使用四種屬性的聖喬治，正是促使黃龍現身的絕佳附身物。」

雖然——

「『聖喬治』所用的四種屬性，是火、水、土、風四大元素……可是它卻能在其他四神尋求同化的壓力下，代替選擇高志為使用者而拒絕了我的『白虎』變成複製品。所以只要在湊齊四神的狀態下對它灌注火、水、木、金的屬性能量，它就會轉變成我要的功能。」

因為──

「『聖喬治』原本就是農耕的聖人……和『土』調性相近。」

「！……那你離開『村落』時留下『白虎』是為了……」

斯波對已經是目瞪口呆的刃更說：

「嗯，從一開始這個計畫需要的就不只是四神，『聖喬治』也不可或缺。可是要是我硬帶走『白虎』卻弄壞了它，事情就搞砸了，所以我才會請你們幫我送過來。」

然而──

「你想到用『白虎』追蹤我的時候，應該也可能察覺到那或許就是我的目的。而我在你面前將『聖喬治』變成『白虎』的複製品，讓你以為我只是利用它作替代品而已。所以當巴爾弗雷亞拔出它以後，你的注意力就再也不在『聖喬治』上了……也沒有察覺它在哪裡。」

可是──

「只要你能靜下來想想，應該也能從其他角度看穿我才對。」

再怎麼說，「四神」都是一直擺在「村落」的東西。如果只需要「四神」的話，他早就搶走了。

「但我卻選在這種時候……而且你還從薰那裡聽說我的目的是對『梵蒂岡』復仇，應該也猜得出來我行動不是因為你們來到『村落』，而是因為『梵蒂岡』派了賽莉絲過來吧？」

憑刃更的能力，說不定還能想到斯波是打算利用聖喬治召喚黃龍。

「不過呢，我也為了分散你的注意力演了場戲，假裝趁你們剛回『村落』還亂糟糟的時候作亂。」

還有——

「離開『村落』時，你因為戰勝賽莉絲，不必和我戰鬥而放鬆，不再注意我……而最後我也特別強調，你就是犯了那種錯才讓我自由了。所以這一次，你就特別注意我和『四神』吧？」

因此——

「你這樣對我提高警覺，反而讓你無法專注於我身上……因為和我戰鬥的不只是你，還有你那些比什麼都重要的女孩子們。」

與現任魔王派決鬥時，刃更之所以會那麼大膽地隻身暗殺樞機院首席，是因為有迅作保險。假如暗殺失敗，還有迅能夠彌補——刃更能夠徹底地冷靜思考，就是來自如此精神上的餘裕吧。

然而這也造成他無法在開戰時及時趕回，使得他缺戰的事實遭人利用，害胡桃身受重傷，刃更肯定也深以自責。

在這樣的狀況下——現在的他沒有迅能倚靠，而且刃更才剛遭到斯波誘導而失去「四神」，對於斯波的危機意識很快就轉化成說不定下次就是失去澪她們的焦慮，使得刃更無法冷靜思考。更何況狀況還逼得他非得讓澪她們各自對抗四神和巴爾弗雷亞不可。

「其實……對我來說也不是沒有風險。例如你想不到用『白虎』追蹤我，或是即使想到了，『白虎』也不願意幫助你等等。」

可是我相信你。

「你絕對不會辜負我的期望……你會知道用解救高志來博取白虎的認同，哪怕是暫時的也好。為了給你這條路，我才留他一條小命。」

然後——刃更漂亮地達成了斯波的期許，完全被他操弄在股掌之間。

一切都按照他的劇本走。於是——

「真是感謝你。多虧有你，我才能成功叫出黃龍。」

斯波冷笑著刻薄地說道。

「————」

而刃更則是默默做出一個動作。

重新在手上召喚布倫希爾德，舉向斯波。

19

東城刃更對於自己不知不覺幫助斯波達成目的十分懊悔。

可是——

……還沒結束！

在他心中，不能放棄的想法更為強烈。

——黃龍還沒有完全顯化。

不知是因為其他四種屬性的力量累積得不夠，還是張設結界的斯波打倒了刃更，使黃龍認為中央的危機程度沒那麼高。

不過……

至少這場戰鬥仍未分出勝負。

——過去，獲得黃龍賜予力量的帝王所締造的和平治世，基本也只限於他自己的國家。

倘若斯波的目的是對製造他的「梵蒂岡」復仇，就得對黃龍投入同等的力量，所以還有機會阻止他——只要能在這裡打倒斯波的話。

在刃更如此激勵自己時——

「你都這樣了還想打啊……有這種骨氣是很了不起，但你好像忘了一件很重要的事呢？」

說完，斯波在空中放出畫面。

是澪她們。可能是藉由掌握她們的氣來建立影像，畫面不時如熱流般晃動。澪她們的位置，已與刃更先前以主從契約的定位能力所感受到的北方不同了。

「她們真是聰明，一看到黃龍現身就往南跑了。中央屬『土』，剋的是『水』……也就是她們原先所在的北方區域。而且看樣子，她們選擇南方好像是因為要利用相生『土』的『火』屬性。你們從魔界借回來的那個褐膚女魔族，魔力和這中央區域一樣屬『土』。」

我想想——

「所以是打算將成瀨澪火系魔法的『火』屬性能量，透過胡桃的精靈術轉移給那個女魔族，藉此在南方區域製造與中央地區相近的相生狀態，利用屬性能量的流動溜進來吧……嗯，這想法還不錯。」

只不過——

「有一點很可惜……五行並不只是只有相生相剋而已。要把這中央的『土』能量往屬『火』的南方灌，是想做就做得到的事。」

斯波加深笑容中的寒意。

「黃龍啊，統御四方的你也看見了吧……打倒你麾下四神，企圖入侵中央的敵人就在那裡。」

並仰望顯化當中的黃龍。

【————】

散發金色光輝的四神之長，側首般轉動牠巨大的頭。

朝向敵人所在的方位——南方。

「來，讓我看看你有怎樣的能耐……會用什麼樣的力量守護這中央吧。」

當斯波這麼說，黃龍的光輝霎時暴增。見狀——

「住——」

刃更反射性地撲上前去，但叫喊剛出口就被淹沒。

因為黃龍張開了牠巨大的下顎，噴出伴隨轟天巨響的閃光。

身居四神之長的最強靈獸，向敵人釋放了要掃盡萬物的咆哮。

那道光，將企圖入侵中央的威脅——

澪、萬理亞、柚希、胡桃和潔絲特——與其周圍瞬時吞噬。

20

黃龍施放的攻擊，將南方區域北側——鄰近中央一帶全部夷為平地。

無法防禦，就連逃也絕對逃不了的無情咆哮消融大地，改變日本國土的形狀。東京南部當場缺了一塊，大量海水如瀑布般灌入深不見底的巨穴。

那樣的破壞，就連發生於首都正下方的局部性大地震也遠遠不及。見到這樣的結果，斯波恭一輕笑著說道：

「真是的……如果先求自保，拔掉或破壞掉配置在各方位的四神，解除結界不就沒事了嗎……不那麼做，應該是為了保護外面的正常空間吧。」

那是對於發誓與刃更生死與共，卻無法如願的少女抒發的感想。斯波自身對逝去的生命所作的鎮魂之詞。

「她們真的是一群好女孩呢，刃更……你很為這群女朋友驕傲吧？」

有個東西爆發出來，不讓故作感慨的斯波再說下去。

「！……斯波喔喔喔喔喔喔喔喔喔喔喔喔喔喔喔喔喔喔喔喔喔喔喔喔喔喔喔喔

「喔喔喔喔喔喔喔喔喔喔喔喔喔喔喔喔喔喔喔喔喔喔喔──────！」

幾乎要咬碎臼齒的刃更，於開口同時釋放暴怒之吼──下一刻，他的身影從斯波眼前消失了。

「哎呀……今天最快的一次呢。明明受了那麼重的傷。」

斯波輕吐讚嘆。

「──但是，那一樣碰不到我。」

包覆鎧甲的左手畫圓般擺動──憑那動作，他就輕易卸轉了刃更從他視覺不可能感知的神速領域所擊出的必殺一斬。

隨後而生的圓軌從左手導向右手，化為反擊。

「辛苦啦，刃更……歇會兒吧。」

調侃當中擊出的右掌底，如磁鐵般搗中刃更的身軀。

同時，斯波將自己的「氣」灌入刃更體內。當衝擊從腹部衝出背後那瞬間，斯波的「氣」竄遍刃更全身，使他猛然一顫。

「────────」

他連痛苦呻吟都辦不到，當場翻白眼倒在斯波腳邊。

然後再也沒有動靜，這次他是真的無法再戰了。

可是——他還沒死。所以——

「好啦……我和你一樣，是個多慮的人。」

斯波對倒趴在眼前的刃更張開右掌——在掌中凝聚的氣，集縮成一顆燦爛的光球。

「永別了，刃更——」

並在道別之餘給予刃更最後一擊——本該是這樣的。

——但斯波沒有釋放攻擊。

因為刃更突然當著他的面消失了。

不是因為刃更用他之前的神速逃走，畢竟他已無法動彈，沒有任何事可以顛覆這一點。

所以答案只有一個——這個地方有別人介入。

「咦……居然還趕得上啊。」

斯波恭一笑咪咪地轉向背後。

「————」

有個人抱著遍體鱗傷、完全喪失意識的刃更，停佇在空中。

散發與戰場毫不映襯的絕頂之美。

長谷川千里出現了。

21

長谷川千里——阿芙蕾亞緊抱著懷中重傷的刃更，心想——

——幸好先和刃更結了契約。

前陣子，長谷川向刃更討了一趟只屬於他們的溫泉之旅，並表明自己的真正身分。在刃更全盤接受後，長谷川亟欲獻出自己的一切，便在他們下榻的旅館張設加速空間型的結界——在那裡與刃更相處很長一段時間。

結果就是，他們結下的兩個契約使曾居十神之列的高階神族長谷川，如今成了完全服從於刃更的奴僕。由於其中一項契約便是主從契約，如今她也能直接偵測刃更的位置。

所以當刃更前往「村落」後，她持續追蹤刃更——在發現以都心為中心的巨大結界出現，且刃更以正常交通工具不可能的速度趕回來後，便將自己當作刃更的保險而隱密潛入結界。刃更一行是利用「白虎」進入東方，而她則是使用只有目的是刃更才能發動的十神之力進入結界。

長谷川的進入點，是連結中央的北方區域。

第②章
四神過後

——準備與刃更締結契約時，長谷川和刃更先去了一個地方。

在日光，他們先參拜過兩座神社才入住為締結契約而張設加速空間的旅館。其中一座是二荒山神社，為了祈求與刃更加深緣分。

而另一座——則是祀奉德川家康為主神的日光東照宮。

參拜後，身為神族的長谷川得到了德川家康的大量護佑。日光東照宮有守護江戶北方的功能，它的神氣讓長谷川能在不被斯波察覺的狀況下成功入侵結界北側。

現在，她雖然趕在最後一刻救出了刃更——但刃更現在的狀態實在稱不上已經得救。

心跳雜亂無章，而且逐漸減弱。

雖沒有出血，但無疑仍是致命傷。

「……你竟敢……」

長谷川見到形同自己存在意義的少年如今命在旦夕而怒得頭腦發白、神力高漲，瞪視殘害刃更的凶手。

「哎呀呀，不要那麼殺氣騰騰的嘛……怪恐怖的。」

瞇瞇眼青年——斯波恭一聳聳肩說道：

「這樣做好嗎？就算是十神也不該這麼幫一個人類吧……喔，還是說你們家血統就是那樣？」

他的嘴邊還泛著從容的笑。

「就像妳那個好姊妹，對迅死心塌地到寧願被封印也要生下刃更一樣……」

他暫緩了一口氣後——

「——是吧，阿芙蕾亞？」

「……要是我幫助刃更有錯，那你又算什麼？」

對於斯波彷彿一切都瞭若指掌的態度，長谷川正面駁斥。

「你身上有我認識的靈子反應……屬於距今二十年前，下到人界就再也沒回來的十神之一。」

眉頭一皺。

「裝在你手臂上的武器……就是雷金列夫吧？」

被點破之後，眼前的青年稍微攤手說：

「就是他，真不愧是同事呢……十神雷金列夫現在成了魔拳，與我同在。」

說完，斯波恭一輕聲一笑。

「從二十年前那一天起……」

第2章
四神過後

22

——二十年前，「梵蒂岡」進行了一場禁忌行為。

那就是東城迅的複製計畫。而其背後黑手——則是一名神族。

主導一切，作特務部阿爾巴流斯的後盾、給予他力量的最高階人物。

十神之一——雷金列夫。

——可是斯波的力量成長得超乎想像，到了無法掌控的地步後，雷金列夫就突然消失了。阿爾巴流斯認定他是躲回神界——但事實並非如此。

而且事情的順序也錯了。

並不是斯波變得無法掌控，雷金列夫才消失無蹤。

而是雷金列夫消失的原因，造成斯波的力量出現跨層級的成長。

從這事實所能導出的真相，正與斯波同在。

……好懷念啊。

對於二十年前徹底蛻變的那一天，斯波恭一記憶猶新。

——當時，十神雷金列夫對斯波能無止境容納穢瘴的「容器」素質十分感興趣。

甚至心中產生一股衝動，渴望將那素質占為己有。

於是雷金列夫瞞著阿爾巴流斯等勇者一族，計畫將斯波體內所有穢瘴，連同其能力與靈子一起凝縮——改造成能夠無止境地吸收任何穢瘴並轉化為力量的神器。

這一切——都是為了使自己登上十神頂點，取代長期曠位的至高神。

——然而，雷金列夫失算了。

其一是斯波吸收的並不只有穢瘴。

另外一點則是斯波這「容器」的潛能超乎常理——不，完全是無從想像的層級。

那都是致命的失算，而且——還讓斯波察覺了自己擁有怎樣的能力。

因此，後來發生的全都是必然發生的事情。

雷金列夫以自己打造的雙臂裝甲作為核心，要吸收斯波的那一刻——反倒被斯波吸進體內了。

獲得十神的力量後，斯波成了勇者一族無人能管的禁忌。

——會自己挑選使用者的四神和神劍「聖喬治」，為何會聽從斯波的命令。

——只會提供真命天子力量的黃龍為何現身。

答案全都在這個真相之中。

這個潛藏於斯波恭一這個人的體內——穢瘴深淵底層所吞沒的事實。

所以對斯波而言，眼前的長谷川——阿芙蕾亞並不足為懼。

因為現在的斯波不僅有雷金列夫的力量，還有四神之長黃龍的護佑。

於是他笑著對長谷川說：

「……那妳想怎麼樣？既然饒不了我傷害妳心愛的刃更那就直接開打呀，我一點都不介意喔？雖然我也是第一次和十神正面交戰。」

視線接著移到長谷川懷中。

「看妳怎麼一邊照顧垂死的刃更一邊戰鬥，好像也滿有意思的。請妳務必要讓我領教領教，妳的殺氣和憤怒究竟有多麼可怕。」

「……那好吧。」

聽了那些話，長谷川說道：

「只是——不是現在，也不是經過我的手。」

話一說完，她就帶著刃更消失了。

「咦……怎麼放了狠話就跑掉啦？」

『——不用急，你很快就會知道了。』

長谷川的聲音，接在斯波的嘲笑之後乘風而來。

其中帶有堅確的意志。

『我的——我們的信念一定會毀滅你。』

第3章　主從契約的終末

1

一度中斷的意識恢復時，記憶往往會有輕微混亂。

在陌生的地方醒來更是如此。

因此，當眼皮如舞台布幕緩緩升起——

「——？」

成瀨澪一時弄不清現在是什麼狀況。

但她仍能認清自己的處境。

——她正在陌生房間的大床上。

加大雙人床……不，床座和床墊都不只那麼大，需要特別訂做才有這種尺寸吧。潔絲特用魔法在東城家地下室打造新房間後，買了一張容得下所有人的大床，感覺和它很像。

……咦？

第3章 主從契約的終末

成瀨澪忽然發覺不是像——而是這根本就是他們用的那張東城家地下室的床。

沒有錯。因仰躺而上下顛倒的視野中，用一整片原木製成的床頭板上，每個原木特有的木眼形狀全都一致。東城家那張床——不知為何擺在陌生的房間裡，而且澪還躺在上面。

「……這是怎麼回事？」

澪頂著恍惚的腦袋坐起身，終於發現床上不只是她，和她一樣在東城家生活的其他少女都在。胡桃和潔絲特一左一右夾著她躺在旁邊。

「…………」「…………」

兩人都閉著眼，呼吸平穩——大概只是睡著了，畢竟前不久的她也是如此。當她這麼想時——

「——澪大人！」

「還好……妳也醒了。」

對她說話的兩個人就在床尾。

「萬理亞……柚希……」

當她茫然唸出她們的名字後——

……啊……

澪才想起失去意識前是什麼情況。

「——對了，我們……」

為了進入刃更與斯波交戰的中央區域，所有人往南方區域移動——嘗試利用相生的能量流動入侵。但突然間，一道刺眼的光之奔流淹沒了她們，視線和意識都變成一片空白。

「那道光是……」

「——出現在中央的是黃龍，那恐怕是牠的攻擊。」

柚希不假思索地迅速回答澪喃喃說出的問題。可能是和最先醒來的萬理亞分析、整理過現況了吧。

不過——既然那是敵襲，自己又怎麼會得救呢？

「……我們被抓了嗎？」

澪抱著懷疑問出其中一種可能。

「對……恐怕是。我和柚希姊都試過能不能出去了，可是……」

萬理亞說明：

「門窗都像裝飾品，碰得到卻開不了。我們也試過能不能破壞牆壁、地板和天花板，但是一點傷痕也沒有。」

「我的『咲耶』什麼都砍不壞，萬理亞的拳頭也是……」

澪聽到柚希懊惱地這麼說，心想——既然這兩人用盡全力都沒輒，那麼自己的魔法大概

第3章
主從契約的終末

也破壞不了。

……假如有辦法離開的話。

沒錯——澪知道解決這狀況的辦法。於是——

「刃更……對，刃更呢？」

澪發現自己原本要協助的少年不在這裡，於是急忙問起萬理亞和柚希。

「……不知道，房間裡只有我們五個。」

「主從契約的定位功能也找不到……」

「怎麼會……」

見到兩人遺憾的表情，澪不禁愕然地輕聲說道。

「不過……我們的主從契約都還在。」

柚希以確切口吻說：

「所以——刃更一定還活著。」

就在這時，完全封閉的房門突然打開了。

「「「！————？」」」

冷不防的狀況使三人倒抽一口氣——並迅速備戰。萬理亞和柚希作前衛，澪在後方保護尚未清醒的胡桃和潔絲特。

「——既然動作還能那麼迅速，應該都沒事吧。」

一名澪等人都認識的人帶著笑意走進房裡來。

「長谷川老師……」

聖坂學園全校無人不知的絕美保健室老師突然出現。然而她的身分並不足以令她們安心。因為她們被關在這個房間裡——而且八成還是這位長谷川所為。

「這也是理所當然的吧……我能了解妳們為什麼會這麼緊張。」

見她們表情依然緊繃，長谷川苦笑著說：

「不過話說回來，妳們沒那種警覺我也很頭痛就是了……在這種狀況下沒辦法冷靜作出判斷的人，是無法成為刃更的力量的。」

「刃更的力量……」

「——什麼意思？」

聽了長谷川的話後，澪和柚希進一步詢問她的真意。

「就是這個意思。」

長谷川一個彈指，門所在的牆突然變成半透明，讓她們能看見牆後的景象。

鄰房也有一張床，而緊接著——

「——刃更！」

第3章
主從契約的終末

澪突然驚訝地大叫，因為刃更就在鄰房床上。

雙眼閉合，似乎是睡著了。

「當我趕到的時候——刃更差點就要被那個叫斯波的人殺了。」

長谷川說道：

「雖然來得及救他出來……可是人已經受了致命傷。所以我剛剛都在替他治療，現在情況總算是穩定下來了。」

澪聽了不禁問道：

「……是老師救了刃更嗎？」

而長谷川正要回答時，有個人先開了口。

「請等一下，妳可以證明那是實話嗎？」

開口的人是萬理亞。

成瀨萬理亞瞪著長谷川說道：

「妳也有可能是斯波的同夥，把刃更哥和我們抓到這裡來。」

且不僅如此。

「先前柚希姊偵測位置的時候找不到刃更哥……所以連床上的人是不是刃更哥本人都很可疑。」

「這樣啊，有道理……那麼，妳們再試試看吧。」

在長谷川建議下，締結了主從契約的澪和柚希互相對望。

「……麻煩兩位了。」

萬理亞這麼說之後，兩人同時閉上雙眼，緊接著——

「！————」「————！」

澪和柚希同時赫然睜眼，立刻往半透明牆後的刃更望去。

「……澪大人？」

「感覺到了……沒有錯，那個人真的是刃更。」

澪給予肯定答案後，長谷川解釋道：

「我在刃更的治療告一段落前不想受到任何干擾，所以給那個房間下了特別的封印……因為我知道妳們應該會對我有戒心。」

「…………」

長谷川的話仍未使萬理亞放鬆警覺。即使刃更為真，她也不一定真的就是長谷川。

而且……

就算她真的是長谷川，是敵是友也很難說。

「疑心重一點也是好事……表示妳在這種狀況下也能想到那麼多種危險，不過在質疑我是真是假之前，妳們要怎麼確定自己都是真的呢？」

長谷川對疑心未消的萬理亞悠然地說：

「妳們的敵人裡，有一個是擅長偽裝的高階魔族……而妳們受到黃龍的攻擊，所有人都曾經昏迷過一段時間，可是醒來之後卻因為五個人都在一起就沒有懷疑了……妳要怎麼否定敵人沒有偽裝成妳們其中一個呢？」

「……我懂了。」

聽了長谷川的反問，萬理亞點頭表示理解，並做出一個動作。

放下她保持到現在的防備。

2

長谷川千里看著眼前的年幼夢魔放鬆警戒。

那大概是信任的表現吧。

「真是的……我的演技還真差。」

長谷川並不厭惡或敵視澪她們。長谷川比任何人都更疼愛刃更，當然不可能真心傷害他所重視的人事物。

可是──為了拯救這群遭黃龍攻擊的女孩，並將她們收容在斯波和巴爾弗雷亞都找不到的空間而耗用了寶貴時間，使得她沒能真正及時救出刃更也是事實。雖然就結果而言，她還是順利救出了刃更，現在也脫離了險境──只是澪她們的安危關係到刃更的力量，假如不懂得對突然現身的人物抱持戒心，未免太不可靠。反過來說，要是她們一見到熟人就立刻相信對方，長谷川才會真的給她們打不及格分數。

假如到了那個地步，即使刃更要多愛她們，長谷川不會過問，也不會阻止他們一起生活──但絕不會讓他們並肩作戰。

……不過。

長谷川救了澪等人一命，也救出了對戰斯波而命懸一線的刃更。

更消解了他體內混亂的氣，把他從鬼門關前救回來。

為了完全專注於治療刃更，長谷川選擇事後再解釋，封閉這間房以免她們打擾。這麼做或許不近人情，但她終歸是在她們昏迷的期間，搶救在生死邊緣徘徊的刃更。

拯救刃更是長谷川非成功不可的第一要務，儘管不想拿這點來賣人情，但遭到過度警戒

第3章
主從契約的終末

還是讓人不太舒服。

所以忍不住講了些比較帶刺的話。然而——

……就這樣吧。

能說出這種話，也是因為刃更的狀態順利穩定下來，精神上有所餘裕的緣故就是了。

「——妳是從剛才那些話的哪裡認為我是站在妳們這邊的呢？」

萬理亞聳肩回答長谷川：

「我是最早醒來的人……不用等妳說，我就馬上檢查澪大人她們是不是本人了。因為我是夢魔，看得見她們的夢。」

接著，萬理亞目光向橫一掃。

「第二個醒的人是我……為安全起見，我也請『咲耶』確認過含萬理亞在內的每個人是不是本人。」

換柚希說明了：

「結果敵人沒有混進來……至少不在我們五個之中。」

「這樣啊……」

「對。」萬理亞向剛了解事情經過的澪點點頭說：

「因為那個叫巴爾弗雷亞的易容魔法真的很強……要小心一點。」

澪或許是明白狀況了，轉頭面向長谷川。

「長谷川老師……假如妳是敵人，應該會監視我們的行動，可是妳卻不知道萬理亞做過什麼。所以老師應該真的都在專心治療刃更，而我們卻……」

說到這裡，澪深深一鞠躬。

「我們卻這樣懷疑老師，真的很對不起……然後謝謝老師。我們會在這裡，就表示老師不只救了刃更，也救了我們——是這樣沒錯吧？」

長谷川不禁苦笑。那是認同澪她們能力的溫柔笑容。

「別放在心上……畢竟我也說了些不好聽的話，不好意思。」

她本來就沒有責怪她們的意思。這次的對手斯波不僅擅於算計，還擁有神祕的能力。而最後就連刃更都不敵斯波，澪她們無法自保也無可厚非。至少她們已經擊敗四神，逼得巴爾弗雷亞撤退，恪盡了自己的職守與責任。

雖然斯波計高一籌，被他耍得團團轉——

但是……

那也是沒辦法的事。對方藏的牌是四神之長黃龍和十神雷金列夫的力量，實在不是刃更和她們可以抵擋的。

「老師……可以告訴我為什麼妳要幫助我們嗎？」

「這個嘛……」長谷川對柚希點點頭，稍作考慮後回答：

「我也很想說出來……可是關於這點我跟刃更約好了。所以這件事就等刃更醒了之後，請他自己解釋比較好。」

所以——

「我先就我所知，來解釋你們現在是什麼處境吧。」

3

野中柚希和澪跟萬理亞一起聽完了長谷川的說明。

她們如今仍在斯波張設的五行結界中，而這裡是長谷川設在東方區域的特殊雙重結界。

攻擊她們的光之奔流，的確是黃龍的攻擊。

賽莉絲的聖喬治，被斯波用來作召喚黃龍的媒介。

此時此刻，黃龍的力量也因為五行相生而不斷增強。

「再來則是我的推測……那個叫斯波的，很可能會讓黃龍以完全體覺醒，使牠達到可以操縱全世界地脈的狀態。」

長谷川說道：

「這麼一來不僅是東京，整個地球都會落入他的掌控之下……可是，他恐怕另外還有一個真正的目的吧。」

「真正的目的……？」

「對。」長谷川向柚希頷首。

「我想……那個叫斯波的最後很可能會把黃龍吸進自己體內。這樣就不必再依靠黃龍這種外來力量，靠自己就能達到絕對的無上地位。」

然而——

「在那之前，應該還有一段時間可以反擊。」

「為什麼妳可以這樣斷定？」

長谷川回答澪道：

「力量愈強大就愈難控制。自己原本的力量就已經是如此了，從外界吸收過來的力量當然更加困難。力量急遽的變化可能使得身體失衡，弄不好連自己原有的力量都會出問題。」

所以——

「我想他會等到結界裡沒有障礙後才開始吸收黃龍。也就是先完全消滅我們，或是製造出類似狀況以後。」

第3章
主從契約的終末

不過——

「我們也不是一直逃就可以破壞他的計畫。自己看吧——」

長谷川說到這裡——天花板接著化為一面巨大的螢幕，顯現纏繞在東京鐵塔上的黃龍。

「……變大了？」

柚希見到黃龍的模樣與她在南北區域見到時都不同，皺起了眉。

「對……用相剋的力量攻擊妳們時，牠的顯化率大概是10％。」

「10％就那樣……」

長谷川的說明使澪不敢置信。

「很遺憾……看牠那個樣子，已經超過了50％。過去賜予帝王力量時現身的黃龍，用比率來說還顯化不到30％，這樣說妳們大概就能了解那是什麼程度了吧。等牠到了100％，恐怕就真的沒法對付了。」

「那就要趕快想想辦法才行啊……！」

「冷靜點。」長谷川對著急的萬理亞說：

「我剛才也說了，力量愈強就愈難控制，距離黃龍達到完全體還有一段時間。如果就這樣過去，只是去送命而已。」

因為——

「雖然黃龍是個問題……真正棘手的還是那個叫斯波的，他的魔拳不好對付。」
「魔拳……？」
「沒錯。和刃更的魔劍布倫希爾德一樣，那個叫斯波的所具有的臂甲，核心用的是很特殊的靈子。」
長谷川點頭回答柚希：
「那個人的魔拳裡，宿有神族最高階的十神雷金列夫的靈子。如果純粹比較武器的力量，刃更的布倫希爾德……還有野中妳的靈刀『咲耶』是完全比不上。刃更會被那個男的打成重傷也是因為如此。」
而且——
「顯化的四神被妳們打倒以後，已經藉相生恢復了失去的力量，比先前更強大了。為了讓黃龍成為完全體，斯波應該不會再召喚四神。不過假如合攻他一個，就算運氣好把他逼到走投無路……到時候他一定會解開結界。畢竟為求四神相應而以山川道澤建設的城市，不只是東京而已。」
「……這樣就糟了。要是發生那種事，我們就再也不能追擊斯波了。」
一旦導致東京毀滅，「村落」便會把責任推給刃更他們。
而「梵蒂岡」也會支持「村落」的行動。

第3章 主從契約的終末

就像「村落」利用斯波這個禁忌取得族中地位一樣。

而且……

這次表面上是當作未經同意擅自攜出「白虎」。可以想見柚希、胡桃和刃更三人將成為肅清對象，澪、萬理亞和潔絲特則會是消滅對象。

「也就是說……若想打倒那個人，還是只能從配置於四方的神器『四神』來下手吧。」

萬理亞的語氣顯得相當凝重。

那是當然——現在的斯波，可以命令位在中央的黃龍對所有地區噴射相剋的力量。儘管他應該是想盡快吸收黃龍，但等到清除障礙後再讓黃龍成為完全體也不遲。只要柚希她們對「四神」有任何動作，還是會立刻下手驅逐。

「…………………………」

「那個……」當超乎想像的嚴苛情況，使整間房自然籠罩在沉默之中時，有人開口了。是澪。

「老師……我想問一件事。」

她先窺視長谷川一眼後說道：

「這次應該不是……老師第一次幫刃更和我們吧？」

4

成瀨澪見到長谷川的表情因這問題而改變。

她的雙眼瞇成細縫。

「……妳為什麼會這麼想？」

對長谷川的反問，澪依據自己的推測回答：

「我們擋不住黃龍的攻擊，老師卻救得了我們，也從刃更打不贏的斯波恭一手中救出了他……現在還在斯波那種人的結界裡製造了一個他碰不了的空間，那麼老師的力量肯定在我們之上……」

可是——

「我們……喔不，刃更也不是第一次正面遭遇有生命危險的戰鬥。」

第一次是瀧川，然後是帶了「白虎」的高志，再來是佐基爾。

即使現在戰力提昇許多，但在那些戰鬥的當下，每一次都是居於劣勢的死鬥，而且任何時候喪命都不足為奇。

「所以之前老師都只是旁觀，直到現在才出手救援的話其實不太合理……如果之前都有用某些不明顯的方式提供幫助，感覺就自然多了。」

「……………」

長谷川沒有對澪的推測表示什麼，只有露出悠然的微笑。

「例如——運動會那一次。」

澪將那微笑當作默認，舉一個例。

籌備階段時，刃更遭到不明人物襲擊——最後發現真凶是澪她們的班級導師坂崎守。坂崎為了取刃更的性命，操縱鬼塚用龍捲風魔法將運動會搞得亂七八糟，趁亂擊暈澪和柚希，並以胡桃為人質要脅刃更。而刃更死中求生，總算擊敗了坂崎……這是澪等人所知的事情經過。

但是，戰鬥的舞台是聖坂學園——當時長谷川也在那裡。

而且……

被坂崎擊暈的澪和柚希甦醒後，人是在保健室。

聽長谷川說，她是發現她們兩人倒在校舍後方，便將她們送進了保健室。單就這句話看來並不奇怪，長谷川是保健室老師，見到暈倒的學生當然會送到保健室。

——然而，當她不是一般人時，狀況就不一樣了。

長谷川的力量比澪她們更高，可以提供保護。她將澪和柚希送到保健室，照理來說應該是為了保護她們，就和現在一樣。

說不定……

讓她們暈倒的人就是長谷川本人，而不是坂崎。

胡桃同樣也昏迷了，澪和柚希卻被丟在一旁，只有她成為人質，這點不太自然。當然，人質太多也會分散注意力，然而再多找一個人質表示這不會只是嚇唬他，應該會更容易迫使刃更屈從。

「……好吧，這部分我應該可以告訴妳們。」

長谷川輕笑一聲，拿澪沒轍似的說：

「我過去曾給過刃更幾次建言……也給過可以保護他的力量。不過，真正幫你們度過這麼多危機的，還是賭命戰鬥的你們自己……這點不需要懷疑。在坂崎那件事裡，我的確有介入，因為那關係到我自己這邊的一個特殊問題。」

長谷川承認過去的協助後，澪又問了。

直視那絕美保健室老師的眼眸說：

「那麼——老師也是在運動會那天和刃更締結主從契約的嗎？」

5

眼前澪所提出的問題，使長谷川心裡一驚。

澪居然會問到長谷川與刃更締結主從契約的時機。

那與先前「過去是否也曾幫過他們」是完全不同領域，而且是確定長谷川與刃更之間已結下主從契約才提出的問題。

她也不是不可能從長谷川這次介入，進而重新檢視過去的一切，在運動會發現疑點而推導出來。不過長谷川和刃更對他們的關係極為保密，這個祕密還包含了兩個契約。因此，長谷川才會成為刃更的底牌。

但長谷川至今所說的每一句話，並沒有一個字能導向這個祕密，而且澪的眼神也沒有誘騙的感覺。

……這就表示……

長谷川千里肯定地注視著澪說：

「原來……妳和刃更的主從關係已經到了那種層級啊。」

契約中，含有能使主從掌握彼此位置的副能力。

當主從契約層級加深，主人可以憑意願防止下屬偵測其位置。這是源自於主從──主人與下屬的關係加深後主人地位的提昇。

然而那只是主人方面的定位能力發展形。能力會隨主從契約增強的，並不是只有主人──下屬亦然。所以下屬這邊的定位能力也有發展形。

當主人陷入危機，即使主人想隱瞞位置，下屬還是感應得到──好讓下屬可以趕去解救主人。

假如下屬確信那是為主人好，即使是冒犯行為也不會引發主從契約的詛咒。這是宣示對主人絕對服從的下屬才能享有的特權。

──可是，在結有主從契約的情況下，主人大多強過下屬。

若下屬就只是趕去解救主人，很有可能依然無力回天。因此，下屬的發展形還有另一項功能。

那就是可以偵測對同一個主人效忠的其他下屬。

所以澪──或許柚希也在黃龍噴吐的相剋能量吞沒她們之際，感到刃更還有其他部下急速接近。

沒辦法……

這樣就瞞不下去了。雖然長谷川和刃更的關係，還是由刃更來對澪等人解釋比較好──

第③章
主從契約的終末

但在這裡用逃避或掩飾來作無謂的抵抗，而為以後真正重要的事埋下隱憂可就本末倒置了。

……對不起了，刃更。

於是長谷川在心中向睡在鄰房的主人道歉後說道：

「我和刃更大約是在兩個月前結的主從契約——也就是你們從魔界回來以後不久。我和雷金列夫一樣，以前也是十神之一。之所以結訂契約，為的就是能把力量借給刃更。」

「十神……所以妳是神族嗎！」

萬理亞驚訝地問道。

「這部分就等另外兩個醒來再解釋吧……不只說來話長，對她們來說也很重要。而且，既然你們主從契約的層級已經加深到這種地步，有些事我想在……不，我必須在刃更清醒以前說清楚。」

「必須先說清楚？」

柚希對長谷川的訂正學舌似的反問。長谷川點點頭回答：「沒錯。」並環視和自己一樣，和刃更結了主從契約的少女們說：

「妳們都必須做好心理準備——這樣才能夠打倒斯波恭一。」

6

——遍布全身的痠痛和呼吸困難，喚醒了東城刃更。

「……唔……呼啊、呃……？」

見到眼前是似曾相識的天花板——讓視野朦朧的他發現自己如今是躺著的狀態。

於是他開始追溯記憶，回想自己為何會躺在這裡。

「——！」

結果馬上就回想起來了。自己最後是一時激動而衝向斯波，結果遭到反擊，當場昏了過去。

也想起奪去他的冷靜，使他激動得不能自已的原因。

那就是喪失了每一個珍愛的人。

「————」

刃更緩緩起身，確定自己果然是在曾經見過的房間床上——但那一點也不重要。

身體勉強能動。那麼，該做的就只有一件事。

第 3 章
主從契約的終末

刃更眼神一冷，準備下床尋找自己必須打倒……殺死的對手——這時，房門先開了。

「刃更！……太好了，你終於醒了。」

有個少女進門見到他後跑到他身邊，展臂相擁。那是刃更以為已經失去了的少女——其中一個重要的家人。

成瀨澪。

「澪……妳不是被黃龍的攻擊……」

刃更不禁愣問。

「嗯……就只差一點點，幸好得救了。」

澪放開刃更，四目相對地說。

「其他人也都沒事……不用擔心了，這裡很安全。」

「…………這樣啊……」

聽到少女的輕聲安撫後，刃更忍不住緊抱她。

高漲的感情使他怎麼也按捺不了情緒。

「！……太好了，妳們都沒事。」

「……嗯。」

刃更吐露心中喜悅之後，懷中的澪也輕輕回抱——就這麼在他的臂彎裡依偎了一會兒。

等心情鎮靜一點，刃更問道：
「其他人呢……？」
「嗯，等一下……我去叫她們。」
澪這麼說著就走出了房間。
「…………」
刃更注視手心，擁抱澪時所留下的餘溫使他安心地拍拍胸膛——但就在這時。
澪所進的門後傳來巨響，劇烈撼動刃更所在的房間。
那表示隔壁發生強大衝擊——
「——澪！」
刃更倉皇跳下床。即使全身痛得他面孔扭曲，仍不顧傷勢拖著右腳走到門口。
「！——呀啊啊啊！」
只見澪慘叫著向他飛來——刃更即刻伸手接應，但身體仍不聽使喚，一個重心不穩便跌坐在地。
「唔……妳還好嗎，澪！」
刃更抬頭詢問澪的傷勢，而她點點頭說：「我沒事。」——不過眼裡看的不是刃更。於是刃更也往同一方向看去，見到的是——

第③章
主從契約的終末

「嗨，刃更——原來你躲在這裡呀。」

在炸得牆垮窗毀，滿地殘瓦碎礫的房間中央，有個青年淺笑著轉向了他。

「斯波……！」

刃更唸出他的名字並急著想喚出布倫希爾德時——卻發現斯波腳下有四個少女正圍著他趴倒在地。

「萬理亞……柚希……胡桃……潔絲特……？」

刃更呢喃說出她們四人名字的聲音，因她們浸在滿地血海中而顫抖。而且，沒有一個人對他的呼喚有所反應。

東城刃更不會不明白這樣的狀況代表什麼。

才剛得救的心愛女孩——現在是真的被他奪去了性命。

「！混帳……！」

刃更喀嚓咬牙，跪著喚出布倫希爾德。

「澪……用凱歐斯那時候的那個。」

這裡所指的是在魔界決鬥時擊退魔神凱歐斯的方法。

由澪以重力魔法製造黑洞，刃更再對黑洞斬出重力波，將他推進次元夾縫。雖然對付凱歐斯那時還有雷歐哈特相助——

……現在也只能硬上了……！

現在想不到其他方法能打倒他，只能設法用兩個人的力量尋找勝機。

「……知道了，看我的。」

澪對準備一搏的刃更點了頭——身體開始發出紅色氣場。

接著——

「————！」

東城刃更迅雷似的動身了。既然要配合澪使出二段攻擊，不主動出擊便難以掌握出手時機。

於是刃更決然出手，在房內瞬時縮短敵我間距。

「真是的……以一個才剛差點一命嗚呼的人來說，還滿大膽的嘛。」

斯波苦笑著對刃更揮出裝備雷金列夫的右手——散發詭異氣場的反手拳。

「喝啊啊啊啊啊啊啊啊啊啊啊啊啊啊啊！」

刃更雙手握持布倫希爾德猛力揮掃——擊出「無次元的執行」。

現在他看不清天元，無法完全消滅，但劍勢仍能彈散斯波的氣場。

而斯波揮出右手使得右半身有機可趁——澪立刻那裡使出重力魔法——本該是這樣的。

第3章
主從契約的終末

「──太危險了吧，劍都還拿不穩就這樣揮來揮去的。」

即使氣場散盡，斯波依然將反手拳強行揮到最後……而刃更的雙手抵擋不了那股衝擊。

下一刻，布倫希爾德脫手而出──掠過刃更耳邊，飛向背後。

「……咦……？」

東城刃更知道有誰正位在劍的去向。

所以當他震愕地轉過頭去時──見到了那個畫面。

「──────」

他的魔劍──布倫希爾德貫穿了澪的胸口。

「怎麼會……！」

倉皇解除布倫希爾德後，澪跟著像斷線的傀儡般頹落地面。

刃更奔上前去將她抱起。

──但刃更沒有呼喚她的名字，因為澪已經無法回答。布倫希爾德貫穿了澪的胸部中央──職掌生命之流的心臟位置。布倫希爾德的寬厚劍身，在那裡開了個洞。

當場死亡──這四個字使刃更的思考完全停止。

「我就說很危險嘛。」

背後傳來帶著嘲笑的聲音。

「不過布倫希爾德會吸收斬殺對象的靈子……就某方面而言也是不幸中的大幸吧。這樣魔劍的威力會變得更強，多少可以增加一點打贏我的機會。能幫上你的忙，她應該會很高興吧。」

刃更沒聽見那些話。

聲波搖撼了鼓膜，但沒有傳進腦中。

「————————」

相對地，刃更將澪的屍骸置於地面並幽然站起，轉向背後。

雙眼鎖定斯波身影時，布倫希爾德已重新具現手中。

「…………喔……」

甚至擠出喉嚨的聲音何時變成嘶吼都沒察覺。

「喔喔喔啊啊啊啊啊啊啊啊啊啊啊啊啊啊啊啊啊啊啊啊啊啊啊啊啊啊啊啊！」

東城刃更懷著滿心憎惡解放全部力量，擊出「無次元的執行」。

但是——現在的刃更沒有正常心智狀態下的意識約束。

結果造成了將一切轉移至無次元的消滅能量失控。

第3章
主從契約的終末

——完全是那場悲劇的重演。

不斷膨脹的消滅能量，就要以刃更為中心向外爆發。

「——哎呀。」

就在消滅能量解放前一瞬，斯波消失得無影無蹤。

——然而，刃更已無法遏止完全失控的力量。

縱然消滅能量要和「村落」的悲劇那時一樣，消滅他重視的每一個人。

於是失控的消滅能量就這麼吞沒澪等人的屍骸——

「——刃更！」

「————！」

突如其來的呼喊——使刃更反射性地全身一顫，睜大雙眼。

7

成瀨澪用力搖醒躺在床上的刃更。

聽長谷川說明狀況之後——澪等人待胡桃和潔絲特醒來，再五個人一起討論以後該怎麼做。

在取得所有人的共識後，她們便安靜地等待刃更清醒。

長谷川說刃更的療程已經結束，再來只要等他體力恢復，就會自然清醒。

於是五人請求長谷川讓她們待在刃更身邊——陪伴在他所躺的床邊。

澪等人在戰鬥或治療上都沒能幫到刃更……所以希望至少能在這種時候陪伴他。如同她們清醒時因為沒見到刃更而擔心他的安危，她們想替刃更省去清醒時無謂的擔憂或不安。

可是——就在圍著床守候的澪等人眼前，刃更出現變化。

他開始劇烈地痛苦呻吟。

——澪等人過去也曾見過刃更為惡夢所苦的模樣。

從前刃更和迅仍是勇者一族時，「村落」中發生的悽慘悲劇，在當事者們心中留下了深痛創傷。

身為頭號當事者的刃更更是從此懷抱無比的悔恨與罪惡感——當時的情境，也無可避免地成了他的夢魘。

與他一同生活、深愛著他的澪等人都很希望能替他消除夢魘。

夢魔族的萬理亞有操控夢境的能力，也能調配驅除惡夢的藥劑，便向刃更建議了不知多少次。澪等人也不想看他繼續受苦，勸他服用萬理亞的藥。

不過刃更都只是感謝她們的好意，並拒絕那類提議。

刃更不曾解釋為何拒絕，澪等人也沒特別追問過——不過可想而知，刃更應該是希望藉由惡夢的折磨來面對那場悲劇。

因此，當刃更要求她們見到他為惡夢呻吟時什麼也不要做，澪等人自然也就答應了。人在見到心愛之人的安祥睡臉會感到幸福，見到痛苦睡臉時心裡也會跟著難受。為加深主從契約而使澪她們屈服後，刃更與大家同眠時也曾為惡夢所苦。在那種時候，她們會輕輕地擁抱刃更……但既然有約在先，她們無法再為他做些什麼，只能守望著他在夢中受罪。

不僅是刃更在面對從前的悲劇，澪等人也始終直視著他的罪過。

——可是這一次，她們無法袖手旁觀。

刃更表情的痛苦程度實在令人無法忽視……於是萬理亞手摸刃更，看他到底作了什麼樣的惡夢。

當得知刃更是因為夢見自己的無力使得她們喪命之後，澪立刻又喊又搖地喚醒刃更，救他離開那場惡夢。違背與刃更的承諾卻沒有觸發主從契約的詛咒，是因為她由衷認為那樣對刃更才是最好的。其他人也有相同心情，沒有一個人責怪她。

「………………」

刃更被澪喚醒後，茫然向她看去。

「………澪……？」

接著就想起身坐起。

「……刃更，好點了沒？」

「聽得見嗎，刃更哥？」

柚希和萬理亞擔心地問，而刃更似乎還分不清現實與夢境，愣愣地看向她們倆。

「刃更主人……」

「刃更哥哥……太好了。」

見狀，潔絲特和胡桃也露出安心表情。

「沒事了，刃更。情況是真的很險，不過我們和你都是真的得救了。」

刃更也轉向她們後，成瀨澪告訴刃更他無疑已回到現實。

「還有，那個叫斯波的進不來這裡，我們都沒被他殺掉。所以——」

放心吧——這幾個字，澪沒能說出口。

因為一滴淚水湧出刃更左眼眼角，劃過臉龐。

8

東城刃更總算明白自己這次是真的清醒了。

告訴他自己的確身在現實的不是別的，就是主從契約的定位能力。

既然他能確定眼前的澪眾人都是本人，那麼沒有結契約的萬理亞和胡桃也肯定是她們本人沒錯。

——剛才的惡夢，是東城刃更最害怕的事。

所以當知道那只是一場夢之後，讓他深深鬆了一口氣。

「…………？」

直到發現澪等人以錯愕眼神注視著他，他才發現自己是怎樣的情況。

「……呃，抱歉。」

擦乾了眼淚，刃更吐口氣以緩和劇烈的心跳。這時——

「——看來你已經醒啦。」

房門打開，長谷川進入了刃更等人所在的房間。

「老師……妳怎麼來了？」

「刃更，我們的命都是老師救的。」

聽澪這麼說，刃更立刻了解了大致狀況。

「這樣啊……謝謝老師。」

「沒什麼好謝的……我只是做了該做的事而已。」

刃更道謝後，長谷川微笑著這麼說——而澪等人也自然地接受了長谷川。於是刃更對她們問：

「……妳們都知道老師的事了？」

五人隨即頷首，表明老師已經說出她是神族，是為了幫助刃更而留在人界，並與他結了主從契約等。長谷川則是認為在刃更清醒之前，不先表明身分難以取得信任，便對她們坦白了。

不過，她似乎沒有連刃更身世的祕密也說出來。

……這樣啊。

刃更的身世關係到迅等人的私事，也是跨越人、神、魔三界的敏感問題。因為刃更是勇者一族最強英雄，與史上最強魔王威爾貝特的妹妹和神族最高階的十神所生的孩子。

要是說出來，會把澪她們也捲入刃更身世的潛在危險中。所以長谷川只說明了自己的身分，至於要不要讓她們也知道刃更的身世，就交給刃更自己去抉擇了吧。

長谷川不只是救了他們一命──還處處為刃更與他重視的女孩們著想。

「對不起……我一直瞞著妳們。」

感激之餘，刃更也向女孩們道歉。

「……不用道歉。」

柚希搖了頭。

「刃更瞞著我們和長谷川老師結下主從契約，是因為認為那樣比較好……而事實也證明了那是正確的選擇。」

「就是啊。多虧有老師在，我們才能在緊要關頭撿回一條命呢。」

嗯嗯點頭的萬理亞身旁，胡桃不禁苦笑。

「不過呢，如果說完全不希望能事先告訴我們，那就是在騙自己啦。」

但話說回來──

「正因為刃更哥哥沒告訴我們，她才會是我們的底牌，順利救出我們和刃更哥哥，所以沒什麼好抱怨的。」

胡桃看著長谷川這麼說之後，潔絲特也點點頭說：

「一點也沒錯。假如刃更主人事先對我們說過兩位的關係和契約……我們在心情上或許會好過一點。」

可是——

「假如我們用來對付斯波那種人的計畫也包含她在內，我們或許就不會得救了……因為她不是我們手中的牌，而是能在我們遭遇危機時自主行動的外在變因，我們現在才能好好地待在這裡。」

「所以別想太多喔，刃更……有祕密瞞著我們也無所謂。我們的關係不會因為那種小事而動搖，而且要是以為沒有祕密才能互相信賴，我們早就死光了。」

只是——

「現在那個叫斯波的已經曉得長谷川老師在幫助我們……我們以後和他戰鬥的時候也一定要記得這件事才行，不然打不贏他。」

「……也對。」

刃更點頭表示認同。

——自己的戰鬥還沒結束。

無論如何都要阻止斯波——這就是自己來到這裡的目的。

9

隨後，刃更開始思考有長谷川加上澪等人後該怎對付斯波。

他們所在的這個空間是長谷川製造的特殊結界，於是——

「這裡時間的流速是多快？」

「和外面——那個人設下的空間一樣。他有十神雷金列夫的力量，又能操縱『氣』，要躲避他的偵測就只能融入周圍空間。現在光是維持不會被他發現的狀態，就要花上我不少的力量。」

長谷川回答刃更：

「還有很抱歉……我沒辦法再直接幫你什麼了。像我之前說的，我拋棄十神身分之後，大半力量受到限制。我是能為你使用力量沒錯……可是那個人吸收了雷金列夫，有接近神的力量。」

所以——

「攻擊那樣的人，會牴觸到加諸於我身上的限制……雖然先前我救了成瀨她們還有你，卻無法為了和他戰鬥而使用力量。這個結界空間，也是為了保護你們才建得起來。」

「沒關係……已經夠了。既然這樣，我們就反過來利用這點吧。」

「什麼意思啊，刃更哥？」

刃更對萬理亞解釋：

「老師不只是帶著我們逃走，還設下了這個可以完全隱身的結界……斯波一定會對老師提高警覺，可是他應該不曉得老師的限制。」

因為——

「斯波吸收雷金列夫是在我出生之前……也就是長谷川老師捨棄十神身分前的事。」

「可是斯波不是馬上就認出老師的身分了嗎？」

「他吸收雷金列夫以後，可能也得到了他的知識或記憶之類的吧。再說斯波可以操縱任何東西的氣，從老師的氣感覺出她的身分也不奇怪，只是那樣應該沒辦法知道更多資訊。」

刃更回答胡桃：

「所以讓斯波以為老師是我們的底牌會比較方便。只要他不能專注在我們身上……注意力或戒心分散了，就可能是我們勝利的契機。」

「那麼……請老師留在這個結界裡比較好吧。」

柚希說道：

「這樣斯波就掌握不到老師的動向……應該會變得更加警戒。」

「……是啊。老師，妳願意留下來嗎？」

「好……只要能幫到你們的話。」

長谷川向刃更表示同意。

「可是很遺憾，光這樣還是打倒不了那個人吧……這段時間，他一直在用相生的力量加強黃龍。」

「——黃龍的顯化率現在到多少了？」

長谷川望著窗外回答潔絲特：

「就快70％了……如我之前所說，力量愈強愈難控制，所以提昇速率會愈來愈慢，但那也不表示我們就有很多時間。」

恐怕——

「距離黃龍成為完全體只剩五十小時吧……拖得愈久就會愈接近完全體，也就愈難打倒黃龍。不過——」

「對我們放出相剋攻擊的顯化率還只有10％，現在直接打過去根本沒勝算吧……」

「…………」

聽了澪的話，刃更也無言以對，寂靜隨之充斥整個房間。

那是代表想不到有效對策的沉默。

——斯波對戰刃更時，感覺是游刃有餘。

他的牌或許也還沒出盡。

而那究竟會是什麼，刃更等人無從得知。

……怎麼辦。

不可能會完全無法打倒斯波。

只要消滅波能夠擊中，無論斯波還是黃龍都要消失。單純只論方法的話，還有在澪的協助下打倒凱歐斯時所用的重力波相乘。

可是……

斯波的戰力實在太高，再加上有黃龍聽他的指使。

在這樣的情況下，不太可能達成那種高門檻的攻擊……甚至可以說，就連那種狀況都營造不出來。倘若勉強為之，說不定先前的惡夢就要成真了。

而且……

如何處置配置遭逆轉的「四神」也是個問題。不先想個辦法就直接打倒斯波，成為人質的東京就要跟著陪葬了。

第3章
主從契約的終末

在這個黃龍顯化，向完成體逼近的狀況下，「四神」或許不會顯化為聖獸型態。但考慮到五行相生仍在持續，當作神器「四神」的力量比先前更強比較保險，不然黃龍的顯化率也不會上升。然而這也表示，發生最壞情況時的被害也會比先前更大。

另外……

高階魔族巴爾弗雷亞也依然健在。

和起初一樣，澪她們五個又要處理「四神」和巴爾弗雷亞。

可是這麼一來——刃更就得獨力對抗斯波和黃龍了。

只憑自己的力量，要如何戰勝比先前更強的斯波和黃龍呢……

「…………………！」

現況的嚴酷，使東城刃更忿而咬牙。

——說什麼也絕對不能放棄。

但處境極為艱難，敵人實力遙遙在上。

……更何況。

斯波比刃更更懂算計。這邊能做的反擊方式，他已經全都看透了吧。

他不會平白等待黃龍成為完全體，一定也想了各種保護措施。要打倒這樣的斯波，就只能用他完全想像不到的妙計，或是堅不可破，被他看透也無力阻止的萬全之策。

但那種東西不會現在就憑空蹦出來。

……到底該怎麼辦……！

愈是思考，刃更愈是感到絕望。這時──

「──有一個辦法。」

說出這希望之詞的人──是長谷川。

「那個叫斯波的是利用五行相生的循環增幅能量……要跟他對抗，非得用同樣的方法不可。」

「同樣的方法……？」

「沒錯。」長谷川對刃更點頭回答：

「剛好成瀨她們是五個人……而且有四個人的屬性可以和四神相對。」

所以──

「她們要代表五行各個屬性，將力量送入你體內……在你體內製造五行相生。」

10

長谷川千里肯定地說出刃更幾個剩下的唯一可能。

「！……真的做得到那種事嗎？」

聽了長谷川的話，刃更一時還不敢相信。

「理論上可以……為此，你們六個人之間需要讓力量循環的連結。而很幸運地，你們已經擁有一定的基礎。」

「我們……？」

「對。」長谷川對訝異的刃更予以肯定。那就是——

「——就是主從契約。」

沒錯——這個契約會連結主人與下屬的靈魂，以加深情感的方式提昇雙方戰鬥力，自然會在兩者之間建構看不見的連結。能偵測彼此位置即是這個緣故。

「可惜的是，光是目前這樣還不夠……你們的主從契約已經深到逼近極限，成長性很低。直接用這樣的連結作循環增幅，力量的提昇空間相當有限。」

「那……那我們該怎麼辦？」

長谷川答道：

「需要把主從契約『誓約化』——你還記得這件事嗎？」

「『誓約化』？以前瀧川說過的那個……？」

刃更回想著說道。

「沒錯……當下屬對主人的忠誠超越極限，就能讓契約化為誓約，也就是到達主從契約的終極層次。這件事，我也是聽你和瀧川吃燒肉的時候聊到才知道的……後來我調查了一下，發現誓約化有三個條件。」

長谷川屈指說明：

「第一是忠誠度高到極限，第二是主人要求屬下承諾永久的絕對忠誠，而屬下也願意奉獻全部身心。如此一來，契約就會化為誓約……再也不能像契約那樣可以放棄，結下絕對且永遠的主從關係。」

但是不需要奉獻生命——因為死了就不會再是主人的力量，失去意義。

相反地，這也等於下屬必須獻上生命以外的一切。

「全部身心……難道說……」

「沒錯。」長谷川對驚訝的說：

「你要在渴望永遠占據成瀨她們身心的強烈意念下奪去她們貞操……這就是誓約化的條件。」

「妳確定嗎？」東城刃更不禁反駁長谷川。

「怎麼可能會有那種條件……假如真的靠那樣就能得到終極力量，至今為止應該會有好幾個前例才對啊。」

「成功案例會少得屈指可數，僅止於傳說的程度，其實有幾個因素，而那也關係到第三個條件——時機。」

長谷川解釋道：

「我剛剛也說了……忠誠度必須達到極限。然而除非是牢不可破的柏拉圖式主從關係，下屬的貞操不太可能會保留到那種時候。話說回來，假如雙方之間是那樣的關係，也不會有奪取或奉獻貞操的事情發生了。基本上，主人都會在更早階段就奪去下屬的貞操；而即使雙方是真心真意，下屬在忠誠度達到極限之前也不可能有絕對的覺悟，一定會有一方有所不足。」

因為——

「主從契約絕大多數是根據主人的能力特性所結下，會對下屬施加詛咒，有強迫性，下屬難以達到百分之百的忠誠。假如能力特性與精神操控有關，下屬可能會認為自己的忠誠是受到主人操縱，無法完全信任主人。」

而且——

「如果是會利用夢魔催淫特性的主人，當然會輕易奪去下屬的貞操。就是如此種種的難處，使得達成誓約化的人這麼稀少……在這麼多主從當中，你們的關係已經算是奇蹟了。而沒有任何時候，比現在更適合利用這個奇蹟。」

「呃，可是……」

聽了長谷川的話，刃更仍躊躇地往澪她們看去。從長谷川開口到現在，她們一句話也沒說。

突然要求這種事，她們一定很為難吧……刃更這麼想著窺視她們的表情，不料——

……咦……？

他的腦袋卻突然僵了。她們的表情鎮定，彷彿已經完全接受長谷川所說的誓約化所需行為。

然而——正常而言絕不會有這種事，所以——

「難道妳——」

「沒錯。」長谷川對愕然的刃更點頭道：

「你清醒之前，我已經和她們談過這件事……並請她們做好準備了。」

第③章
主從契約的終末

「————！」

聽她那麼說，刃更心裡一火——想開口痛罵長谷川為何自作主張。

——但卻又說不出口。因為他沒有立場反駁。

刃更打不倒斯波，反被長谷川救了一命，澪等人也是因她得救。

而現在——刃更依然想不出如何戰勝斯波，就連大致的頭緒都找不到。

可是，長谷川卻提供了他們有機會取勝的手段。

而且，只要他們願意越線就能實現。

——事到如今，刃更不打算粉飾自己與澪等人的關係，也不會逃避她們的心意。假如刃更主動要求，她們一定不會拒絕——這點刃更也十分肯定。

因為他們已經建立了這種程度的關係，長谷川應該也是如此。假如刃更想要她的貞操，她一定是雙手奉上。

但也因為她們有這樣的心意，刃更才會壓抑自己的男性欲望，堅守最後底線。若有不歸路得走，自己一個人走就夠了——刃更不希望這些女孩也做出無法挽回的抉擇。

負責二字說來簡單，刃更也有這樣的覺悟。但由自己來判斷是否盡了責任，純粹是自我滿足罷了。

——主從契約真的像是種詛咒。

以加深情感提昇力量的同時，也會在一次次為自己好、為下屬好、這是無可奈何等理由當中漸失理智。刃更等人之間的關係已經遠遠稱不上普通，價值觀與關聯性也與常識大為偏差，恐怕不會有人衷心祝福那樣的關係吧。一旦公開，免不了將會飽受強烈撻伐，活在歧視與偏見當中。

這是大家都知道的事，而且——當契約化為誓約，真的就無路可退了。

「…………！」

於是刃更一時下不了決心，用力抓起床單——這時，一隻手疊了上來。

是澪的手。抬頭一看，她的表情是無比地平和。

「……我們都知道，你為什麼到現在都還不願意跨過最後一條線。因為你……就是這麼珍惜我們。」

澪語氣溫柔地說：

「我們也知道，你心裡很擔心我們……我們也害怕自己不會再是自己。可是，我們更害怕另一件事。」

那就是——

「——不能繼續和你在一起。」

「澪……」

第 3 章
主從契約的終末

刃更不禁喚出她的名字。

因為她臉上有淚。不過澪沒有拭去淚水，即使聲音和細小的肩膀都在細細震顫，她依然繼續說了下去。

「一想到這點，我就好害怕好害怕，怕到無法自己……就像你有不願退讓的事，對此我們也不會讓步。所以，我怎麼也不想輸給那個想殺死你和我們的人……絕對不能讓那種人奪走我們的未來。」

因此——

「我們已經沒辦法走正常人的路了……雖然現在或許還有一點點回到常軌的可能，但是與其為了這種可能而死，我們寧願繼續這樣走下去，也相信這絕對不會是個錯誤。」

澪笑了笑，又說：

「以後的事，就等打倒那個人以後再慢慢想吧……別擔心，只要我們能在一起，一定能克服絕大多數的困難。因為我們都能拯救世界脫離毀滅危機了……那還有什麼好怕的呢？」

另外——

「我知道你比誰都更在乎我們，擔心我們無法回頭……可是你也絕不允許我們跟別人在一起對吧？」

「這……」

澪問得刃更啞口無言。

——一點也沒錯。

倘若跨過底線，自己就再也無法給予澪她們普通人的幸福……在這樣的躊躇當中，刃更也有與其讓給別人，不如自己占有的想法。就算別人能給予她們普通的幸福。

這時——

「——我們的想法也都是一樣的喔。」

聽了澪這麼說，萬理亞、柚希、胡桃和潔絲特也都露出同意的微笑。

她們——也都認為刃更是自己的唯一。

最後，澪說出了決定性的一句話。

如懇求般——

「拜託，哥哥——讓我、讓我們完全成為你的人吧。」

11

東城刃更心中有些比什麼都更重要的事物。

第3章
主從契約的終末

那就是決心賭上自己一切去守護的人們。

可是——他也明白繼續這樣下去，自己只會一路脫離正常人的理解範圍和常識，直往得不到祝福的荊棘路上走去。

——所以他一直很害怕。

不過。

現在她們——澪跟所有女孩都比他先走一步，站在再也無法復返的界線邊緣向他伸出了手。

希望刃更也伸出手來……繼續和她們一起在這條路上走下去。

「…………………」

見到澪她們業已決定未來生存方式的眼神後，東城刃更緩緩閉上雙眼。

接著——

「————————」

當他睜眼時——心裡已不再猶疑。

只有與澪她們往主從契約下一步走的決心。

尾聲　相結者們的誓約

1

於是——在刃更做好覺悟之後。

成瀨澪和萬理亞一起上了他的床。

將貞操獻給刃更的那一刻終於要到來了。

並非兩人獨處——而且與在魔界和現任魔王派決鬥前五人一起屈服時不同，只有萬理亞一個陪伴。這樣的安排，當然有其原因。

——澪等人願意獻出貞操，不是為了滿足心中熾烈的愛慾。

或許不是完全沒有——但戰勝斯波的欲望，才是真正使她們決定跨過守到今天的底線。

因此，她們要藉由與刃更交合，使主從契約昇華為主從誓約而提昇力量的同時，將她們各自的五行屬性能量送入刃更體內，在他體內製造相生循環。

女孩們各自代表的五行屬性，最好是以剋制四神使用的屬性為優先，所以澪為「火」，

尾聲
相結者們的誓約

胡桃為「水」，潔絲特為「土」。柚希起先是用「金」屬性剋制顯化的青龍，然而最後卻是以與青龍同樣的「木」壓倒了牠。

而萬理亞的對手則是巴爾弗雷亞，並未與四神交戰。

因此，柚希和萬理亞的代表屬性，是直接根據萬物皆能歸類於五種屬性的五行思想，以關聯強弱來判斷是「金」還是「木」。

結果，萬理亞是由於夢魔洗禮用的「瞳術」而屬「木」，柚希則因為使用靈刀而代表原本分配的「金」。

接下來，為了讓刃更得到最高的強化效果，需要排定最有效的相生順序。

這個斯波為強化自身戰力而構築的結界，會使力量匯聚到「黃龍」所掌管之中央區域的「土」屬性。故這個結界空間內的五行相生順序應是以「金」為始，順「水」、「木」、「火」流動，最後到達「土」並從頭循環。

所以——最好是與其相剋的同時，使刃更所能得到的力量提升到最高，而結論是以「火」、「木」、「水」、「金」、「土」的順序為刃更灌注屬性為最佳。

——這和原來的相生正好相反。

這是因為，他們要做的並不是單純的相生——目的最終是要在刃更的體內增幅力量。舉例來說，若在注入「火」屬性後注入「土」屬性，「土」會因相生效果而加強，先注入的

「火」則會因為加強——成為相生的原料而減弱，這樣就失去意義了。

為了讓刃更在獲得澪的「火」屬性之後進一步增幅力量，需要灌注萬理亞的「木」屬性，使澪的「火」燒得更旺——然後灌注胡桃的「水」屬性，滋養刃更獲得的「木」。同理，再以柚希的「金」生「水」、以潔絲特的「土」生「金」。

簡言之，就是以刃更前一次灌注的屬性為順序進行相生。

——事實上，現在也有些人不知不覺地做著同樣的事。

從前的風水都市江戶中央——江戶城，如今已成為皇居。在其周圍跑步健身的民眾，都受到了這種力量的影響。

這些跑者的出發地點，大多是從南方的櫻田門——他們會先在這裡吸收「火」的力量，然後以逆時針方向依序吸收「木」→「水」→「金」，而吸收這四種屬性後會生成表示中央的「土」，最後持續照這樣的循環跑下去，在不覺中增進力量。以逆時鐘跑的習慣，以及有那麼多人聚在那裡跑步，便是源自這個不為人知的原因。

——不過這有個缺點，就是會使得後來的屬性能量因相生的副作用而有所損耗。

單純跑步時是無所謂，但非得戰勝斯波不可的刃更就不能忽視這個問題了。因此，每個人在灌注自己的屬性能量給刃更時，負責下一個屬性的人必須全程接觸她身體，以免損耗後來的屬性。譬如澪不能直接灌注自己的「火」屬性能量給刃更，而是必須要在屬「木」的萬

尾聲
相結者們的誓約

理亞對她造成相生效果的狀態下才可以。

如此不僅能提供刃更更強的力量，接下來輪到萬理亞時，因為刃更體內已有「火」而容易損耗的「木」，也會因為接觸下一人胡桃而受到「水」的相生，不會損耗。

所以，刃更當前的對象與下一個對象要同時上床，其他三人得離開房間，以免自己的五行屬性造成干擾。

這就是現在——除澪和刃更之外，萬理亞也在床上的原因。

「哈啊……嗯、哥哥……嗯！……啾、嗯……哥哥，呼啊啊啊♥」

而此刻，澪與刃更正面相對，痴醉地沉溺在舌肉交纏的激吻中。

——喘息中之所以混雜著嬌喘，是來自隔著制服揉胸的手。

自從締結主從契約以來，澪便在刃更所給予的無邊歡愉與數不盡的高潮中不斷向他屈服。而其中大部分，都是最脆弱的胸部遭受猛攻所致。

經過刃更的淫慾調教，澪的胸部愈來愈敏感，對快感一點抵抗力也沒有——即使隔著衣物，感覺也強到腦袋快要融化。

甚至只要刃更認真要使澪屈服，快感就會沖散她的意識。

然而在那之前，她得先前進到必須的階段——於是澪一邊吸吮刃更的唇舌，一邊在刃更的協助下以熟練動作褪去他的衣物。待刃更全身赤裸，他揉胸的手也替澪解開水手服領結與拉鍊。澪的胸部，已經大到讓慢慢下滑的拉鍊頭勾勒出撩人的曲線。那對被刃更開發至極的豐滿乳房提昇的不只是感度……就連尺寸也有所增加……剛認識刃更時的衣服，現在都已經穿不下了。

「……嗯……」

當拉鍊降到最底，澪的正面跟著完全敞開，使澪不禁細顫。遭刃更又吻又揉，發起媚熱的身體暴露在房內空氣中，感到一陣涼爽。

刃更的手跟著探入水手服底下——想脫下它，是再簡單不過的事。只要手沿著鎖骨向外一滑，就能脫離肩膀和手臂。可是——

「——刃更哥，能請你不要一開始就把澪大人脫光嗎？」

這時，為給予澪相生效果而在背後抱著她的萬理亞說話了。

在加深主從契約的過程中，這位年幼夢魔一步步帶領他們認識性與快感。聽見她的建議，刃更停下脫衣的手，提出疑問：

「可是……不脫會弄髒吧？」

「這你不用擔心，我問過長谷川老師了。」

萬理亞回答：

「這個空間不單純只是避難所，也是為了讓刃更哥和我們加深關係而設下的。肉體和精

尾　聲

相結者們的誓約

神以外的東西——例如衣服和飾品，在進入空間時都做了備份。」

所以——

「只要到隔壁房間去……也就是我們剛醒來的那個房間，身上的東西就會恢復到剛進來的樣子。」

「這樣啊……但有必要故意穿著衣服做嗎？」

刃更再問。

「一般要作的話當然不必……不過這一次，刃更哥和澪大人的關係非得一次達到絕對不可能動搖的地步才行。」

因此——

「一件一件慢慢脫，可以讓澪大人一層一層地累積羞恥心……一次脫光就不會再有提昇了。現在該優先考慮的不是衣服，而是該怎麼讓你和澪大人的關係確實達到主從誓約啊。」

「……原來如此。」

刃更表示認同後，又問：

「那澪……妳沒關係嗎？」

「嗯……哥哥喜歡就好。」

澪也點頭表示順從。

「再說……衣服早就髒了呢。」

萬理亞在澪背後偷笑著這麼說，並繞到側邊慢慢壓倒澪似的讓她躺下——接著抓住裙襬一掀。

「啊……不要……嗯！」

澪隨即羞得叫出聲來，腰也不自禁地稍微扭動。不單只是因為被刃更看見內褲——主要是她知道自己身上的內褲現在變成什麼德性。

萬理亞說得沒錯，早就髒了。澪的私處已經在刃更的親吻與手揉胸的刺激下起了反應，流出女性蜜液，內褲底部溼到怎麼編故事也掩飾不了的地步。

「呵呵……現在的澪大人一定是全世界最敏感的處女喔。」

那條內褲讓萬理亞妖豔一笑。

「……！……」

見到澪這樣的狀態，刃更不由得吞了吞口水——裸露的某物也逐漸充血挺立，脹到隨時要爆炸一樣。

……天、啊……

那雄偉的模樣與壓迫感嚇得澪倒抽一口氣。刃更的該處變得比過去每一次都還要巨大

——成瀨澪心想，那樣的東西如今就要入侵她的身體。

尾　聲

相結者們的誓約

——剛結下主從契約時，澪壓根沒想過自己會在這種狀況下將貞操獻給刃更。

現在更是無法相信，當初自己還打算作刃更的主人。

可是……

自從戰勝佐基爾之後，澪便開始覺得刃更總有一天會奪走她的第一次。

到了前往魔界……與現任魔王派決鬥時，她認為自己只屬於刃更一個。

而為了決鬥——來到現任魔王派的根據地，在對方準備的客用行館中選擇五人一起接受屈服時，她已做好完全被刃更占有的準備。

因此——

接下來要跨過的並不是最後底線，而是新關係的起跑線。

現在——那一刻終於來臨了。

「…………」

刃更默默將右手伸向澪的腰，手指勾住內褲側邊徐徐拉下。

「…………嗯。」

澪跟著輕輕抬腰，抽出左腿。

在這時，萬理亞的大腿已枕在澪的頭底下。

和兩人結下主從契約那晚一樣。一想到這點——

「哥哥……」

澪就靦腆地微微笑，採取方便刃更動作的姿勢。

兩手抓住雙膝之後，將腿掰成猥褻的M字，展露自己的重要部位。

東城刃更看著澪的私處完整呈現眼前。

——至今他不知看過幾次澪的裸體，私處自然也不是第一次見了。

而且也好幾次插入內褲底下摩擦澪的敏感部位，一直做到幾乎越界之前，說不定他還比澪更明白她的私處是什麼模樣。可是——

「！——」

這個不同以往，想怎麼做都可以的狀況，帶給了刃更空前的亢奮。

抬眼一看，澪的頸部浮現著表示主從契約發動詛咒的項圈狀斑紋，可能是她對刃更的羞赧強烈到轉化成罪惡感了吧。澪這麼在乎他的事實，更是讓刃更加倍地激昂。

——澪的祕縫小到乍看之下不知道在哪裡。

一般而言，這時候若以舌頭愛撫私處，使其充分溼潤，將有效助於下一步動作。

可是刃更不會對澪那麼做——因為對她口交是種服務。

尾聲
相結者們的誓約

澪身為下屬，對刃更口交當然沒問題，但主人刃更就得避免對澪做那種事了——至少在需要達到終極主從關係的這一次。

——再說，刃更也根本不必動口幫澪做好準備。

因為快感早已讓澪的私處充血成一團溼熱得過分的軟爛嫣紅。

「…………」

那淫靡至極的勾魂畫面，使刃更的尖端被吸過去似的咕啾一聲抵了上去。

澪的女性蓬門，完全做好了迎接刃更的準備。

再來需要的就只有雙方一個念頭——只有覺悟了。

而刃更和澪都已做好了準備。

「…………」

「…………」

兩人默默相視，攜手向新世界前進。

刃更將自己脹得發痛的雄性象徵，慢慢按進澪的那個部位。

接著——

……啊……

才剛向前進，尖端便感到帶有彈性的阻力而停下。

東城刃更知道那是什麼。
阻止刃更入侵的，是澪保有少女貞潔的證明。
——過去無論發生什麼事，刃更都會在這裡回頭。
那道阻力，也將兩人的關係維持在界線邊上。
而東城刃更和成瀨澪彼此珍惜到今天的東西——現在就要一起毀棄了。
「我開始嘍……」
「……嗯。來吧，哥哥。」
澪微笑著確切點頭，答覆刃更。
於是刃更將體重往下半身壓，向前挺腰。
用力推擠。
頂著那尖端的貞潔證明，漸漸地無法抵擋刃更的入侵。
很快地——
在感到有東西破裂的瞬間，刃更的分身驟然深入。
「啊……啊啊……！」
澪媚叫著全身一顫，輕微緊繃起來。
同時，一股溼軟的熱緊緊裹纏刃更的尖端。

尾　聲

相結者們的誓約

「…………！……」

刃更吞吞口水往下一看，發現尖端確實埋入了澪的體內……且兩旁還滲出些微的色彩。

那是全世界最美麗的紅。因此——

「————！」

成就感與罪惡感使東城刃更從脊梁底一路麻上來。

——就在剛才，自己奪走了澪的貞操。

這事實讓刃更為之一顫。

「…………！」

另一方面，澪則是緊緊閉著眼。刃更很想和她分享抵達這一步的感受——可是，他沒有那樣做。因為還不夠深入。

兩人都是第一次，不能確定這樣算不算已經結合。

「————」

與大腿讓澪枕著的萬理亞對上眼時，她也用眼神告訴刃更還不夠。

「………」

於是東城刃更為了進一步確立自己和澪的這個狀態，繼續向前推進。

兩人之間再也沒有阻隔——刃更一點一點地往深處推，慢慢撐開澪體內不曾受過侵犯，不知如何擴張的狹窄通道。

明明是第一次，澪的體內卻有如滾燙的焦糖漿。

「唔……啊……！」

肉壁蠕動著纏上的感覺，讓刃更舒服得不禁呻吟，但他的矛仍不斷噗滋噗滋地沒入澪的體內。

最後。

當肉柱推到最底，尖端也碰到了某樣東西。

那就是真正的底部——成瀨澪的最深處。

到了這裡，就沒有任何疑慮了。

「澪……」

於是東城刃更呼換了澪，要告訴她這個事實。

澪聽見刃更輕呼她的名字，緩緩睜開雙眼。

見到刃更深情地注視著她，並且——

「……都進去了。」

他說出的那幾個字讓成瀨澪明白了一切。

——明白自己已經不是處女，完全是東城刃更的人了。

「！…………」

得知這事實，一股令人顫抖的喜悅不禁從澪心中奔騰而出，當她察覺時，眼淚已滴下臉龐。

「很痛吧……還好嗎？」

刃更關心地問道。

「不會，我沒事……只是很開心。」

澪笑著搖搖頭，表示自己流的是喜悅的淚水。

——事實上，說不痛是騙人的，但也沒痛到忍受不了。

這也是當然的。即使是第一次，也不可能像在過去種種搏命戰鬥中受傷時那麼痛。

「刃更哥、澪大人……恭喜兩位終於合而為一了。」

讓澪枕著大腿的萬理亞柔聲祝福，以指尖輕輕拭去澪的淚水。

「怎麼樣，澪大人……看得見嗎？」

接著她提醒似的這麼問，伸手掀起澪的裙子。

萬理亞坐在枕頭上，而澪又枕在她腿上，自然是呈現略微縮顎的姿勢，能直接看見自己與刃更的結合部位是什麼模樣。

——可是，她無法用視覺確認刃更是否真的進入了她體內。

因為兩人的下半身現在是緊密貼合，不過澪的體內——一直到極深處都有受到異物撐開的感覺。而且彼此的毛髮都纏在一起，一點也沒有質疑的餘地。

……天、天啊……我真的可以完全容納刃更……？

澪依然不敢相信。

她不知以手、口和胸部服侍過刃更多少次，深知他的尺寸有多大。雖曉得不至於插不進去，但也不認為可以完全容納。然而澪的該處的確將刃更的巨物吞到了底——萬理亞也似乎看出她的驚訝，說：

「主從契約的能力特性各自不同，誓約當然也是各有各的形式。而澪大人等人，是利用了夢魔的催淫特性和刃更哥結下主從契約。」

因此——

「若能到達把自己完全獻給主人，使契約化為誓約的境界，就表示澪大人妳們已經是能讓刃更哥這個主人完全滿足的狀態……也就是說，澪大人現在的身心都能給予刃更哥最大的愉悅，不可能會塞不進去啦。」

「真的嗎……那……？」

尾聲
相結者們的誓約

萬理亞的話使澪不禁愕然。
——她始終以為要走到這一步才會完全成為他的人。
可是——事實並非如此。
早在迎入刃更之前，澪就已經專屬於他了。
明白這事實的瞬間，澪感到下腹有股熱流猛然一脹。
「啊……啊啊！呼啊啊啊啊啊啊啊啊啊♥」
發現那是歡愉之後——澪全身輕微繃緊。發現自己不知不覺成了什麼樣的人……讓她當場就是一波高潮。眼前霎時發白，下腹一帶痙攣顫動。
「！……呼啊！……啊啊……嗯……哈啊♥」
當快感浪潮退去，澪看著眼前白霧徐徐消散，回想自己初體驗的第一次高潮。在刃更完全插入的狀態下高潮了——這事實讓她幸福得不能自已。
於是——澪恍惚地注視刃更的雙眼。
……啊……
並察覺一件事，為自己獨享幸福感到慚愧。
——假如只是要確認彼此的愛，在此打住也未嘗不可。
即使結下主從契約，他們的關係依然如家人一般，而且刃更對澪她們總是十分關切，處處為她們著想。

就連為加深主從契約而進行各種淫穢舉動時也是如此。

但是——愛與關懷都已經足夠。

現在需要的——渴望得到的，是下一個階段。

堅不可破的誓約。

澪必須獻出自己的一切，完完全全成為刃更的所有物。

以全部身心——以靈魂，許下永恆之誓。

最重要的是，深入澪體內的剛柱依然硬挺鼓脹，貪求著澪的服侍。

因此——成瀨澪對成為她主人的少年說出奉獻一切的話語。

「哥哥，求求你……殺我一百次……♥」

請求刃更任憑欲望驅使，愛怎麼做就怎麼做。

對此，刃更也做出澪最期待的反應。

他拋開了理性。

「！…………啊啊啊啊！」

尾聲

相結者們的誓約

刃更扭腰就是一陣猛力抽插。對於才剛失貞的澪而言，那動作實在過於激烈，然而——

「哈啊！嗯！……呼啊啊♥哥哥……啊啊……哈啊啊啊♥」

第一次只會覺得痛——根本是騙人的。

澪已經成為能夠完全接受刃更的人……那團火熱直搗深處的感覺對她而言，滿滿都是生為女性的喜悅。

自始至今，澪都是最脆弱的胸部受到刃更猛攻而高潮，一次次向他屈服。

——但如同胸部是澪的弱點，刃更的陽物現在所摩擦的部分可說是女性的弱點。

而澪——無疑是個不折不扣的女性。

「呀啊！啊啊♥呼、嗯啊啊♥哈啊、啊啊！……啊啊啊啊啊啊啊♥」

澪跟著刃更每一次插進最深處淫擺蠻腰，沉溺在他給予的快樂中。終於緊密相觸的黏膜每一寸都是那麼地敏感，隨兩人腰部動作反覆貼合、交錯。沒多久，結合部位開始在刃更每次挺進發出「咕啾♥咕啾♥」的粗鄙聲響——然後一轉眼，那變成了「啾噗！啾噗！」的淫聲。

「上半身差不多能脫光了吧……」

萬理亞說完後動手脫去澪的制服和胸罩。

裸露而出的乳頭脹得是又硬又鼓……碩大的乳房也隨著刃更擺腰波濤洶湧，彈晃晃地畫圓。見狀，刃更立刻往那雙乳使勁猛抓。

「呀啊♥啊啊……呼、嗯啊啊♥哈啊、呼……呼啊啊啊♥」

那雙手像是要讓澪就此屈服般粗暴揉捏，使肉團不斷變形——同時，澪的腰也在刃更底下狂亂跳動。

……咦……？

被劇烈快感吞噬的澪，感到刃更的巨物在她體內逐漸發熱、膨脹。

——那是刃更瀕臨極限的訊號。

於是，即使意識已完全沉溺在高漲的肉慾之中，澪的腳依然交叉著夾住刃更的腰，使結合部位貼得更緊，兩人之間不再有距離。

那是誓言獻身給眼前少年的女人才會有的本能反應。

除了接受他的一切之外，澪不知道任何能完全將自己獻給刃更的方法——對於她的這分心念，刃更也確實滿足了澪所要的期待。

雙方都渴望更接近彼此，自然地從正常位轉為屈曲位——高抬下身，兩腿放在刃更肩上，被他掩蓋似的使結合部位深入到不能再深。

「澪！……妳是我一個人的！」

激烈抽插當中，刃更以強硬口吻吼聲叫道。

ビク
ビク
ビクッ
!!

「！……嗯！我是哥哥一個人的……只屬於哥哥的……哈啊啊啊啊♥」

因為無比快感而顫抖的澪也不斷應和，痴醉地同意刃更的話。

隨後——那一刻終於到了。

「澪……！……啊！」

刃更喊著澪的同時，將他的陽物插到最深……一路抵上澪子宮的入口——緊接著，肉柱猛然爆脹。

在那一陣陣的強烈鼓動中，澪感到有股熱流在她體內最深處徐徐漫開。

「啊啊！……哈啊啊！啊啊啊啊啊啊啊啊啊啊啊啊啊啊啊啊啊——♥」

並且在絕頂高潮中明白——就在那一刻，刃更在她體內射精了。

……好厲害，一陣一陣的……！

那是種甜美到可怕的感覺。到現在，都還能感到刃更的陽物在她體內舒暢地顫動。

也許是澪孕育胎兒的腔室一下子就被刃更的精液淹滿，回流的白濁黏液從兩人結合部位汨汨流出。

「啊……啊啊……呼啊、嗯……啊啊……嗯♥」

刃更慢慢貼近恍惚喘息的澪，溫柔擁吻。

「嗯、啾……嗯嗚♥呼啊……啊屋、啾嚕……咧嚕……呼啊啊♥」

尾聲
相結者們的誓約

澪也主動索求般緊密勾纏刃更的舌。

爾後。

經過一段嘴裡已滿是對方唾液的長吻——刃更的陽物慢慢抽離澪的體內。

「澪大人……還沒完喔。」

見到過度強烈的高潮餘韻，讓澪意識恍惚地躺著不動，替她枕著頭的萬理亞如此輕聲叮嚀。

……啊……

澪回過神來，見到刃更不知何時來到臉旁……剛抽出她體內的性器仍是又淫又黏。

於是澪動作緩慢地張口湊近刃更下體——

「哈啊……嗯……啾噗……呼啊……啾嚕……嗯……♥」

並淫聲大作地舔了起來，要替他清理。

肉柱上，刃更解放的精液與澪泌出的女性蜜液混攪而成的淫液滴滴直落，味道淫褻得令澪不禁渾身酥麻——最後，不知何時已含入肉柱的澪，把堆滿口中的黏液混著唾液一口飲盡。

「澪——」

這時，刃更也驚訝地呼喚她，眼睛注視著是她的脖子。

只見澪頸部周圍飄起紅色光點——轉瞬間迸散無蹤。

「居然真的達成誓約化了……恭喜啊，澪大人！」

見到這一幕，萬理亞興奮地向澪喊來，可是澪卻沒有聽見。

現在，澪的第一要務是將刃更的陽物清理乾淨，只知道全心全意地服侍著他。

同時——澪下體那才剛與刃更分離的嘴。

刃更暴射的白濁液體，正一陣一陣地湧成小池。

2

距離黃龍百分之百顯化約有五十小時。

扣除休息與擬定作戰計畫，刃更與每個女孩交媾的時間設定為五小時。

而此刻，澪的這五小時即將結束。

——順利結成主從誓約後，刃更又和澪做了無數次。

因為那樣才能取得澪體內的「火」屬性能量。

在澪體內爆發一次之後，兩人再也沒有任何後顧之憂。

尾聲
相結者們的誓約

澪被刃更攻擊敏感部位，而在絕頂快感中狂亂的模樣是那麼地可愛……看得刃更心癢難耐，順從衝動插得澪高潮不斷。在這五小時之中，刃更使她高潮的次數早就輕鬆超越她所要求的一百次。

當然，刃更射精的次數也無從計算，但他的亢奮仍然絲毫未減。因為這空間，是長谷川為刃更和澪她們達成誓約化而設的，自然有相應的輔助。

無論在澪體內射了多少，就算把她全身都淋成白色，刃更也不會有用盡的時候。

「啊……哈啊……嗯……嗚……♥」

澪像是已經到達極限，雙眼迷濛意識渙散，只能癱著喘息。

在刃更憐惜地輕撫她的臉時——

「……刃更哥……」

身材與澪相差甚遠——傾慕刃更的五名少女中最稚嫩的萬理亞輕喚他一聲。不久之前，她已不再擔任澪的枕頭，而是在一旁迫不及待地等待刃更。

而且——

「刃更哥哥……」

為了替萬理亞提供相生的胡桃也來到床上。或許是目睹了澪的淫態吧……感官的刺激已讓她眼泛媚光。

「……來了。」

刃更對她們點點頭，緩步走去。

——沒錯，事情還沒結束。才剛完成五分之一而已。

距離結束還遠得很。

不僅是大家的力量——所需的「誓約」也遠遠不夠。

所以東城刃更不會歇息。

和占有澪一樣。

直到他所珍惜的少女們一個不剩地成為他的東西。

這樣才能打倒斯波——保護自己不能退讓的一切。

後記

已經讀完本書的讀者，以及從這裡翻起的讀者大家好，感謝各位閱讀本書，我是上栖綴人。

上集後記提到，本集將會是《新妹》史上規模最大的一集，需要多一點時間，結果跳票了。這是因為原先其實是預定十集完結，結果光在大綱階段就已經是一本的量……全部塞進一本實在太多，只好分成兩本重新調整結構。

前言就到這邊，接下來稍微聊一下本集內容。其實「刃更和澪在最後一集結合」是初代責編給我的構想，到了這一集總算能實際寫出這一幕了。在這個不少作品男女主角很容易就跨過那條線的時代，就某方面而言也算堅持硬派作風的刃更和澪等人終於能修成正果，我身為作者實在是無限感慨。

只是隨著故事推進，喜愛其他女角色的讀者也愈來愈多……我便努力摸索該如何架構可以讓她們都和刃更結合，又搭得上《新妹》完結篇的大舞台，最後想到的就是以東京鐵塔為中心的巨大「五行」結界。澪這幾個女孩剛好有五個人，之前出現過的「四神」也能套用在

「五行」當中，加進故事應該也不會太突兀才對。若無意外，此後的十一集就是《新妹魔王》正傳的最後一集了。其實最後一幕已經完成……總之就是力量提昇後的刃更一行開始反擊，而斯波也不會什麼也沒做，展開一場最後的激鬥。

當然，下集會從刃更與萬理亞等女孩結合開始，敬請期待！

——那麼，這裡要向本作所有相關人員致謝。Nitroplus的大熊老師，感謝你又為本作提供一張張魄力超群的插畫！從封面的黑暗感，到與澪結合的畫面都棒得沒話說呢。みやこ老師，想不到漫畫和小說的刃更和澪會在同一時期結合，這樣的意外同步真是令人讚嘆上天的安排啊！木曾老師的《新妹．嵐！》連載也終於結束，辛苦了&感謝你的努力，很期待你的新作品！

動畫第二期光碟的最後一集也上市了，感謝所有工作人員！這次時間掌控得不好，又給責編和各處相關人士添了不少麻煩……實在很對不起。而最後——我要把最大的感謝獻給購買本書的所有讀者。

那麼，接下來的十一集也請多多關照！

上栖綴人

Kadokawa Light Novels

我的腦內戀礙選項 1~12（完）

Kadokawa Fantastic Novels

作者：春日部タケル　插畫：ユキヲ

搞什麼鬼？完結篇了!!!???
惹怒眾讀者的完結篇斗膽登場！

為了與心愛之人重逢，甘草奏毅然面對最後的選擇——原本想寫點正經的，結果這集還是下了一大堆搞笑跟喜劇成分。失控的選項妹妹把每個人的咪咪亂換一通（富良野有巨乳了！），還搞起了超能力戰鬥？超人氣選擇系戀愛喜劇獻上胡鬧完結篇！

各 NT$180~220/HK$50~68

台灣角川